Michaela Pavelka

Ob Schnee draußen liegt?

Jeden Tag beobachtet die vierjährige Lina mit ihrem Fernglas den Mann im Haus gegenüber.
Dies ist ihre einzige Möglichkeit, am Leben außerhalb des Krankenzimmers teilzunehmen, in dem sie mehrere Monate in Isolation verbringt.

Dr. Greifer, in den 1960er-Jahren konfrontiert mit einer ihm völlig unbekannten Krankheit, kämpft um das Leben des kleinen Mädchens.

Im Frühjahr 2020, eingebettet in die Atmosphäre der Corona-Pandemie, erzählt Lina ihre ungewöhnliche Geschichte der interessierten Enkelin Juna. Überrascht erkennt diese, dass ihre Großmutter besondere Fähigkeiten entwickelt hat.

Es scheint für Lina selbstverständlich zu sein, Dinge zu wissen, die man eigentlich gar nicht hätte wissen können.
Natürlich ist dies für ihren Beruf als Kriminalkommissarin von großem Nutzen.

Michaela Pavelka, Jahrgang 1965, arbeitet seit mehr als 20 Jahren als Psychologische Psychotherapeutin in eigener Praxis.
2009 erschien ihr erster Roman „Das Land hinter dem Horizont".
Ihr zweiter Roman „Im Schatten der Stille" erschien 2011.
2018 ist ihr dritter Roman „Ausgesprochen unerhört" erschienen.

Michaela Pavelka

Ob Schnee draußen liegt?

Roman

Von Michaela Pavelka
sind bei BoD außerdem erschienen:

Das Land hinter dem Horizont (2016)
Im Schatten der Stille (2018)
Ausgesprochen unerhört (2018)

Bibliografische Information der Deutschen Nationalbibliothek:
Die Deutsche Bibliothek verzeichnet diese Publikation in der
Deutschen Nationalbibliografie; detaillierte bibliografische Daten sind
im Internet über https://portal.dnb.de abrufbar.

Titelbild: © Michaela Pavelka
Umschlaggestaltung: © Norbert Valter

Herstellung und Verlag:
BoD – Books on Demand, Norderstedt

ISBN 978-3-752-62008-5

Dieser Titel ist auch als E-Book erschienen

Wenn Schnee liegt,
ist die Dunkelheit ein kleines bisschen heller.

Ganz herzlich bedanke ich mich bei meinem Mann Norbert und meiner Tochter Sophia-Maria für ihre wertvollen Anregungen.

Inhalt

Kapitel 1

Damals

Ob Schnee draußen liegt?
Lina schiebt die Bettdecke zur Seite, setzt sich auf und lehnt sich an die Wand. Die Morgendämmerung wird irgendwann einsetzen. Jetzt jedenfalls noch nicht. Sie schaut zum Fenster, ein dunkles Rechteck, wie ein schwarzes Bild an einer Wand. Hier hört die Welt auf. Kein Lichtstreifen am Himmel. Nur eine Ahnung von Licht, das von Laternen ausgeht, meterweit unten, unerreichbar. Sie steigt aus dem Bett, schiebt einen Stuhl vor das Fenster und klettert auf die breite Fensterbank aus kaltem Marmor. Sie presst ihre Stirn an die Scheibe. Um die Nase herum schlägt sich ihr Atem an dem kalten Glas nieder. Ihre kleinen Hände, links und rechts neben ihrem Kopf, drücken gegen die Scheibe, als wollten sie diese herausdrücken. Ihre Hände fühlen die Kälte. Draußen muss es eisig sein.

Still liegt die Straße unter ihr. Dunkel ist der Asphalt. Kein Schnee. Es hat wieder nicht geschneit. Lina nimmt ihr Fernglas, das sie immer auf der Fensterbank stehen lässt und sieht, wie sich ein Taxi nähert. Es hält an und entlässt einen Mann auf den Bürgersteig. Er verschwindet in einem Hauseingang. Hinter einem Fenster wird es hell. Der Mann legt seinen Mantel über einen Stuhl, seinen Hut behält er auf dem Kopf und trinkt aus einer Flasche. Er sieht aus wie Pan Tau. Dann öffnet er seinen Schlips und einen Knopf an seinem Hemd. Gestern kam er auch mit dem Taxi. Wo kommt er her? Er verlässt das Zimmer und im Nebenraum geht ein Licht an - Milchglas. Bestimmt das Badezimmer. Pan Tau wäscht sich jetzt vielleicht und geht ins Bett.

Lina zählt noch drei weitere helle Fenster. Nur wenige Menschen sind noch wach. Der Himmel ist sternenklar. Sie träumt vom Fliegen. Wenn sie fliegen könnte, wäre sie fort. Doch es geht nicht, denn das Fenster ist zum Schutz verriegelt, wie wahrscheinlich alle Fenster in den Zimmern, damit sie nicht wegfliegen, die Kleinen, wie die Vögel es tun, sobald sie den Luftzug spüren, der ihnen den Weg in die Freiheit weist.

Mit ihrem Finger zeichnet sie ein Herz auf die beschlagene Scheibe und schreibt *Mama* hinein.

Es *war* ein so schöner Tag, als wir den Schneemann gebaut haben, geht es Lina durch den Kopf. Wie lange war das her? Es fühlt sich an wie eine Ewigkeit. Alle hatten mitgeholfen, die Eltern und auch der Bruder. Und obwohl es bitterkalt war, kam es einem nicht so vor. Wir hatten so viel Spaß und warfen Schneebälle. Ich griff noch einmal in den Schnee, um dem Schneemann runde Bäckchen zu machen. Doch sie waren nicht weiß, sondern rosa. Dann ging alles sehr schnell. Mama rannte, Papa auch. Sie trugen mich ins Haus, wuschen meine Hände. Das weiße Handtuch verfärbte sich rot.

Wieder fährt ein Auto durch die Straße, dahinter ein Krankenwagen, aber ohne Blaulicht. Ansonsten nichts zu sehen. Lina fühlt die kalte Fensterbank an ihren Beinen.

Seit dem Schneemann bin ich hier in diesem Zimmer mit der geschlossenen Tür. Es ist langweilig.

Andere Kinder teilen sich ein Zimmer und dürfen es auch verlassen. Ich darf das nicht. Es darf auch niemand zu mir herein, nur Doktor Greifer und die Krankenschwestern. Selbst meine Eltern dürfen nicht zu mir. Sie stehen auf dem Flur vor meinem Zimmer und schauen durch die Glasscheibe. Ich kann sie nicht hören, wenn sie etwas sagen, sehe nur Lippen, die sich bewegen.

Dann lege ich meine Hand an die Scheibe, Mama auch. Sie sieht sehr traurig aus. Wenn meine Eltern abends wieder gehen, weine ich immer und schreie. Dann kommt Schwester Sarah mit einer Spritze zu mir. Danach weiß ich nichts mehr. Wenn ich wieder wach werde, ist es so still und leer. Da ist nur das leise Surren der Neonlampen und Geräusche hinter meiner Zimmertür.

Ich hasse Neonlicht.

Es war ein Sonntag, als ich hier ankam. Der Tag ist eigentlich völlig egal, aber ich merke mir eben so etwas.

Mama sagte, dass wir einen Ausflug machen, dass wir uns ein Krankenhaus anschauen. Das sei doch bestimmt interessant. Wir klingelten an einer großen Tür, nachdem wir viele Treppen nach oben gelaufen waren. Ein Mann in weißem Kittel öffnete. Er war freundlich, hockte sich zu mir und sagte, er sei Doktor Greifer. Mama nickte. Stumm tauschten sie Blicke aus. Mama sagte, dass er mir die Station zeigen werde. Er nahm meine Hand und lief los.

Unbekannte Gerüche. Stickige Luft. In einem der Zimmer weinte ein Kind. Ein Junge mit Gipsbein humpelte an der Wand entlang. Da blieb ich plötzlich stehen. Ich wollte nach Hause. Doch es gab kein Zurück.

„Lina, du musst hier bleiben."

Ich wollte mich losreißen, doch er hielt mich fest. Ich sah nur noch den Rücken meiner Mutter und die schwere Tür, die hinter ihr ins Schloss fiel.

Zurück war ausgelöscht.

´Mama´, flüstert die Vierjährige, während sie auf der Fensterbank sitzt und nach draußen schaut, in die Nacht mit ihren menschenleeren Straßen. Die Dächer der parkenden Autos sind nicht weiß. Es hat wieder nicht geschneit. Schwarz ist der Asphalt und niemand nimmt Notiz von ihr.

Lina gleitet von der Fensterbank herab und legt sich ins Bett. Sie dreht sich auf die Seite, schiebt die rechte Hand unter ihr Gesicht und blickt zur Wand gegenüber, an der ihre Tafel lehnt, eine weiße Tafel mit gelbem Rahmen, an der sie und Doktor Greifer bunte Buchstaben geheftet hatten. Magnetbuchstaben, kreuz und quer über die Tafel verteilt. Ein kleines Durcheinander. Und in der Mitte geradlinig angeordnet ein Wort:

H O F F N U N G

Er hatte gesagt, sie dürfe niemals aufgeben. Niemals. Ob sie verstehe, was er ihr sagte? Sie nickte. Dabei schaute er in zwei sehr müde Augen, nicht sicher, ob sie wirklich wusste, wovon er sprach. Du darfst die Hoffnung niemals aufgeben, verstehst du das, liebe Lina? Während sie nun in dieser schneelosen Nacht zur Tafel schaut, denkt sie daran, wie sie ein paar Tage zuvor zusammen das Wort geschrieben hatten. Ihre Hände hatten in den Buchstaben gesucht. Dann hatte sie ihm das H gereicht und ihn gebeten, *Hoffnung* an die Tafel zu schreiben.

Sie hatte ihn genau beobachtet, wie er mit seinen großen Händen jeden einzelnen Buchstaben an die Tafel geheftet hatte. Dabei benannte er jeden einzelnen Buchstaben. Leise sprach sie mit.

HOFFNUNG

Es sollte immer an der Tafel stehen.
Immer.
Nachts leuchtete sie das Wort mit der Taschenlampe an.
Sie musste es unbedingt sehen, um sich an seine Worte zu erinnern, die von Heilung sprachen.

Kapitel 2

Frühjahr 2020

„Bitte, Oma, erzähl mir, wie das damals war, als du im Krankenhaus warst. Mama hat gesagt, ich soll am besten dich selbst fragen."

„Es ist keine schöne Geschichte. Sie ist voller Schmerz und Einsamkeit. Sie schmeckt bitter und trostlos. Bist du dir denn wirklich sicher, dass du sie hören möchtest, Juna?"

„Ja, das will ich!"

„Gut. Dann setzen wir uns jetzt aufs Sofa. Ich muss mich allerdings so setzen, dass ich in den Garten schauen kann."

„Warum das?"

„Das gehört dazu."

„Du sitzt sowieso immer auf diesem Platz. Ist es DESWEGEN?"

Lina nickte. Dann reichte sie ihrer verwunderten Enkelin eine Fleecedecke.

„Ich brauche keine Decke."

„Nur für den Fall, dass dir kalt wird. Leg sie einfach neben dich."

Juna legte die Decke auf das Sofa, setzte sich und streckte die Beine aus.

„Ich beschreibe dir zuerst einmal das Zimmer. Wenn du auf dem Flur standest, war links von der Eingangstür ein rechteckiges, großes Fenster, durch das du ins Zimmer hineinschauen konntest. Jeder, der daran vorbeilief, konnte hineinsehen. Immer, ob ich es wollte oder nicht.

Stell dir nun vor, dass du hineingehst. An der Wand gegenüber befand sich ein Fenster. Zur linken Seite, direkt an der Wand stand mein Bett und ein kleines Nachtschränkchen. Wenn du dir jetzt vorstellst, dass du auf dem Bett sitzt, schaust du direkt gegenüber auf eine Wand, vor der ein Tisch mit zwei Stühlen stand und links davon in ausreichendem Abstand ein Kleiderschrank. Die Wände waren weiß gestrichen und kahl. Der Raum war nicht sehr groß. Ich würde jetzt nicht behaupten, dass er klein war. Ich kann es nicht genau sagen. Einen Kindergeburtstag hätte man dort jedenfalls nicht ausrichten können. Dafür war das Zimmer auf jeden Fall zu klein."

„Und wie lange warst du im Krankenhaus?"

„Von November bis Februar. Das hörte ich immer meine Mutter sagen. Von November bis Februar. Die Jahreszahl hat sie nicht dazu gesagt. Meinem Gedächtnis haben sich die Monate eingebrannt: November bis Februar."

„Das ist ziemlich lange."

„Ja. Ich werde dir jetzt von meinem Kalender erzählen, den mir meine Eltern gebracht hatten, damit ich sehen konnte, wann sie mich wieder besuchen kommen. Damals durfte man nicht täglich Besuch empfangen und die Zeit, die meine Eltern bleiben durften, war auch nur sehr begrenzt."

Kapitel 3

Damals

Zeit ist bunt.

Mama und Papa haben mir einen Kalender gebastelt. Er besteht aus einer langen Schnur, an der rosa- und blaufarbene Schleifen befestigt sind. Ich habe ihn entlang der Wand aufgehängt. Für jeden Tag gibt es eine Schleife. Bei einer rosa Schleife kommt Mama zu Besuch, manchmal auch Papa. Bei einer blauen Schleife kommt niemand.
Ich habe alle blauen Schleifen unter mein Kopfkissen gelegt. Schwester Sarah hat sie morgens gefunden und sie wieder festgebunden. Es bringt nichts, die blauen Schleifen zu entfernen. Dadurch kommt Mama nicht schneller.

„Wann darf ich nach Hause?"
„Kleine, ich weiß es nicht. Deine Wunden müssen erst verheilt sein."
„Warum habe ich diese Wunden überall? Was ist mit mir?"
„Ach, Lina, wir wissen es nicht. Wir wissen es einfach nicht."
„Auch Doktor Greifer weiß es nicht?"
„Nein, auch er nicht. Wir müssen warten und alles versuchen, damit du gesund wirst."
„Warum darf ich nicht aus dem Zimmer wie die anderen Kinder?"
„Wir möchten verhindern, dass du eine Infektion bekommst."

„Eine Infektion? Was ist das?"

„Dann dringen Bakterien in deine Wunden ein und alles wird noch schlimmer."

„Was sind Bakterien?"

„Ach, Lina, du kannst vielleicht Fragen stellen! Also, Bakterien sind winzige, unsichtbare Tierchen, die sich in deinen Körper hineinfressen, dich fürchterlich krank machen und dir weh tun."

„So wie es in der Nacht war, als meine Hände angefangen haben, weh zu tun?"

Schwester Sarah überlegte einen Augenblick, kratzte sich am Kinn und antwortete.

„Genau! So ungefähr."

Lina zuckte zusammen. Erste Tränen liefen die Wangen hinunter.

„Das ist so gemein! Die Bakterien überfallen einen in der Nacht, wenn man schläft. Da kann man sich nicht wehren."

Sie begann zu schluchzen. Ihr kleiner Körper vibrierte.

Der Gesprächsverlauf gefiel Schwester Sarah gar nicht mehr und sie versuchte schnell, das Thema zu wechseln.

„Komm, Kleine, genug gefragt. Jetzt erstmal Morgenwäsche, Fieber messen und dann Frühstück."

Lina zieht den Schlafanzug aus. Mitten im Raum steht ein kleines, schlankes Mädchen mit halblangem, blondem, lockigem Haar. Salbenverbände an Beinen und Armen. Kompressen am Bauch, Salbenreste im Gesicht. Sofort beginnt sie, an Bauch und Hals zu kratzen. Schwester Sarah hält ihre Hände fest.

„Stopp! Nicht kratzen!"

„Es juckt und brennt!"

„Ich weiß. Aber wenn du kratzt, machst du alles noch viel schlimmer. Ich muss jetzt deine Verbände wechseln. Nicht kratzen, okay?"

Lina nickt stumm.

Behutsam legt Sarah Arme und Beine frei. Sie beißt sich auf die Lippe. Noch nie hat sie Vergleichbares gesehen. Rohes, rotes Fleisch. Manche Stellen sehen krustig aus, andere, als fräße sich Säure durch jede Zelle. Das Kind löst sich auf, denkt Sarah. Ihr Körper zersetzt sich. Hoffentlich breitet es sich nicht weiter aus!

Vorsichtig tupft Sarah die Haut ab.

Immer wieder zuckt Lina zusammen, doch weint sie nicht.

„Werde ich wieder gesund?"

Zärtlich streicht Sarah dem Mädchen über den Kopf und spürt, wie sich Haare lösen.

„Das hoffen wir doch! Bestimmt! Nachher kommt noch der Doktor zu dir. Er gibt dir wieder Medizin. Wir müssen geduldig sein."

Lina nickt nur.

Sie schaut zum Fenster, dem dunklen Rechteck, das die Welt dahinter noch nicht preisgibt. Das Neonlicht spiegelt sich in der Scheibe und aufgrund der Dunkelheit des frühen Morgens sieht sie in dem Fenster nur das, was sich in ihrem Zimmer befindet, als würde dieses kleine, kalte, kahle, weiße Gefängnis draußen seine Fortsetzung finden.

Als Schwester Sarah den Raum verlässt, um das Fieberthermometer zu holen und sich an der Tür noch einmal umdreht, sieht sie Lina die Fensterbank hochklettern. Sie stellt sich auf, die Handflächen gegen die Scheibe gedrückt und schaut über die Lichter der Stadt.

Ihre Augen suchen das Fenster von Pan Tau.

Tatsächlich ist Licht in seiner Wohnung.
Doch sehen kann sie ihn nicht.

Plötzlich hört sie die Tür. Doktor Greifer kommt herein.
„Guten Morgen, Lina!"
„Hallo!"
Sie steigt von der Fensterbank herab.
„Wie geht es dir?"
„Mir ist kalt."
„Lass mich schnell nach deiner Haut sehen. Dann kann Schwester Sarah dich wieder anziehen."
„Kannst du mich nicht anziehen?"
Dr. Greifer versucht, ihren Blick einzufangen. Doch sie schaut zu Boden.
„Möchtest du das gern?"
Ein geflüstertes *Ja*.
„Lina, schau mich doch mal an!"
Mit seiner Hand umfasst er ihr Kinn und hebt den Kopf. Trotzdem sieht sie an ihm vorbei.
„Lina?"
„Ja."
„Schau mich mal an, bitte!"
Nur ein kurzer Blick.
„Ich ziehe dich jetzt wieder an."
„Zuerst die Salbe, Doktor!"
„Selbstverständlich, und dann erst die Verbände! Ich sehe, du kennst dich schon gut damit aus."
Er versucht ein Lächeln.
Sie nickt.
„Sieht mein Gesicht auch so aus?"
„Nicht ganz so schlimm, Lina. Es wird besser werden, ganz bestimmt. Irgendwann."

Kapitel 4

Frühjahr 2020

Wann ist irgendwann?

'Irgendwann'...
'Irgendwann', meine liebe Juna, das ist für ein Kind zu unsicher. Wann soll das sein?
'Irgendwann' bedeutet, dass es vielleicht niemals geschieht.
'Irgendwann', das beinhaltet, dass derjenige, der es sagt, vielleicht selbst nicht daran glaubt.
'Irgendwann' verlegt den Tag in den Bereich des Unwahrscheinlichen.
'Irgendwann' würde es besser werden, sagte man mir.
'Irgendwann' konnte mein Kalender nicht darstellen.
Dafür gab es keine Farbe und keine Schleife.
'Irgendwann' war nicht messbar.
Für mich dehnte sich die Zeit an jedem einzelnen gottverdammten Tag in ihrer endlosen Eintönigkeit, einge-sperrt in einem desolaten Zimmer mit ein paar wenigen Spielzeugen. Nur ab und zu öffnete sich die Tür, wenn ich medizinisch versorgt wurde oder Doktor Greifer sich zu mir setzte. Und dreimal pro Woche, ja, ich meine, es war dreimal pro Woche, stand meine Mutter vor dem Fenster oder mein Vater. Doch es geschah immer wieder einmal, dass ich meine Eltern verpasst hatte. Wie grotesk das klingt! Ja, ich hatte sie verpasst, obschon ich nirgendwo anders war als in diesem kahlen Isolierzimmer. Ich hatte geschlafen, während sie vor der Scheibe standen. Und niemand, wirklich niemand

vom Personal hatte mich geweckt. Wenn ich dann im Nachhinein wach wurde und man mir sagte, meine Eltern seien schon wieder fort, war der Schmerz, das Gefühl der Verlorenheit, unerträglich. Ein Sturz in den Abgrund, der so tief war, dass es nicht einmal einen Aufprall gab.

Bestenfalls wussten sie nicht, was sie taten. Schlimmstenfalls war es Absicht.

Und gegenwärtig beschweren sich die Menschen, wenn sie zwei Wochen zu Hause in Quarantäne bleiben müssen und nur zu zweit draußen herumlaufen dürfen, um dem Corona-Virus Einhalt zu gebieten. Sie haben nicht die geringste Ahnung, was es bedeutet, monatelang als kleines Kind in einem Isolierzimmer zu leben, ohne Familie und ohne Freunde, ohne Telefon, ohne Smartphone, ohne WhatsApp, Twitter oder Facebook. Zwei Wochen wären für mich ein paar rosa und blaue Schleifen gewesen und die Gewissheit, dass die Einsamkeit bald ein Ende hat.

Kapitel 5

Damals

Es ist bereits früher Abend und Dr. Greifer sitzt noch immer in seinem Büro und zermartert sich den Kopf. Er weiß nicht einmal, mit welcher Krankheit er es zu tun hat. Bisher sind nicht alle Bereiche der Haut betroffen. Doch die betroffenen Stellen, an denen sich die Haut ablöst, sehen übel aus und lassen nichts Gutes hoffen.

Hilflosigkeit ist das dominante Gefühl, das ihn begleitet, gepaart mit dem quälenden Wissen, dass es für Lina grausam sein muss, sich Woche um Woche in Isolation zu befinden. Ganz gleich, wie er entscheidet, es ist immer sowohl richtig als auch falsch. Hebt er die Isolation auf, so dass das Mädchen nicht so einsam ist, so riskiert er, dass die Krankheit sich aufgrund einer Infektion verschlimmert. Das wäre fatal. Belässt er es bei der Isolation, womit das Risiko einer zunehmenden Verschlechterung eingedämmt wird, so wird Lina vereinsamen. Ein einziges Dilemma.

Er wippt mit seinem Schreibtischstuhl und starrt auf die dicken Fachbücher in den Regalen. Sie bleiben die Antwort schuldig. Neuland. Unerforschtes Gebiet. Versuch und Irrtum. Er kann nur ausprobieren, was ihm irgendwie erfolgversprechend erscheint.

Die Medikamente waren bisher wirkungslos.

Er blättert wieder in ihrer Akte. Irgendetwas muss er übersehen haben. Noch einmal von vorne. Es begann nachts. Das Mädchen wurde wach, weil die Hände brannten.

Sie ging ins Schlafzimmer der Eltern. Diese konnten nichts erkennen und waren zunächst nicht weiter besorgt. Aber die Haut an den Händen schmerzte. Ein paar Tage später bauten sie einen Schneemann und die Haut öffnete sich. Ab da wurde die Krankheit offensichtlich. Jetzt ist sie bereits einige Zeit hier. Nichts hat bisher geholfen.

Vielleicht sollte ich Kollegen hinzuziehen. Vielleicht hatten sie einen ähnlichen Fall. Vielleicht hat jemand von ihnen etwas auf einem Kongress gehört. Vielleicht steht etwas in der neueren Literatur. Vielleicht....

Er liest die Eintragungen der Nachtschwester.

25. November:

18.00 Uhr: Temperatur 39,5 Grad.

20.00 Uhr: Lina ist noch wach.

23.00 Uhr: Linas Bettdecke liegt neben dem Bett. Ich decke sie zu.

1.00 Uhr: Lina sitzt mit ihrem Fernglas am Fenster und schaut nach draußen. Sie ist ruhig dabei. Ich unternehme nichts.

2.00 Uhr: Lina ist immer noch am Fenster.

3.00 Uhr: Sie schläft. Irgendwie riecht es merkwürdig in dem Zimmer.

Was meint die Nachtschwester denn damit, dass es merkwürdig in dem Zimmer riecht? Er schüttelt den Kopf. Was soll denn das für eine Aussage sein? Und warum schläft Lina so schlecht? Wie oft sie nachts auf der Fensterbank sitzt! Was beobachtet sie eigentlich?

Dr. Greifer steht vom Schreibtisch auf, schiebt den Stuhl zur Seite und läuft leise vor sich hin murmelnd in seinem Büro auf und ab.

„Merkwürdiger Geruch, schläft schlecht, sitzt am Fenster mit Fernglas."

Er schüttelt den Kopf. Schließlich bleibt er am Fenster stehen und schaut in die Dunkelheit. Er betrachtet das Haus gegenüber. In manchen Wohnungen ist Licht, in anderen nicht. Es ist nicht viel, das er erkennen kann. Er denkt daran, wie oft Lina auf der Fensterbank sitzt und mit ihrem Fernglas nach drüben schaut. Sie beide sehen dieselbe Häuserzeile. Was beobachtet sie nur? Ist das eigentlich erlaubt? Schnell verwirft er diesen Gedanken, als ihm bewusst wird, dass es für sie die einzige Möglichkeit ist, das Zimmer zu verlassen, auch wenn es nur visuell ist, die einzige Möglichkeit, am Leben teilzunehmen und wenigstens ein bisschen das Gefühl zu haben, irgendwo dabei zu sein.

Kapitel 6

Damals

Heute ist ein *blauer Tag*. Ich öffne die blaue Schleife an meinem Kalender, entferne sie von der Schnur.

Mama und Papa kommen nicht vorbei.

Schwester Sarah bringt das Frühstück, Brötchen mit Marmelade, keine Butter. Käse ist auch wieder nicht dabei. Ist für mich verboten. Mama hat mir oft Vanillepudding und Haferbrei mit Banane gekocht. So etwas gibt es hier auch nicht. Alles, was ich mag, hat man mir weggenommen. Selbst Kakao darf ich nicht trinken, aber immer wieder diesen widerlichen Möhrensaft! Und essen soll ich, was ich nicht mag.

Nach dem Frühstück lege ich mich erneut ins Bett, schaue zur Decke, drehe mich nach links und schaue zur Wand, spucke dagegen und verwische alles mit der Hand, drehe mich auf die rechte Seite und sehe die Tafel.

Hoffnung steht da in bunten Buchstaben. Ich bin so müde und bin wohl eingeschlafen, denn auf einmal steht Schwester Sarah mit dem Mittagessen in der Tür. Ich habe keinen Hunger. Sie zwingt mich, etwas zu essen. Es sieht ekelhaft aus und riecht auch so. Schwester Sarah sagt, ich soll das essen. Leber und wabbelige Pilze. Sie fühlen sich an wie Rotze im Hals. Mir ist schlecht und es gluckert im Bauch. Er tut weh. Ich kann nichts dafür, aber ich muss brechen. Alles voll, der Tisch und auch die Ärmel von meinem Schlafanzug mit den Astronauten darauf. Zum Glück haben sie so

Glaskuppeln auf dem Kopf. Sonst hätten sie alles ins Gesicht bekommen. Schwester Sarah ist böse auf mich. Aber ich wollte doch sowieso nichts essen. Ich schiebe das Essen sonst immer von meinem Teller und schütte es unter das Bett. Nur heute wollte sie unbedingt dabei sitzen bleiben. Das Abendessen ist auch nicht besser. Es gibt Brote mit Wurst. Ich esse nur das Brot. Wurst stinkt und ich mag sowieso nichts essen.

„Ach, Lina, musste das sein? Kannst du nicht 'was sagen, wenn du dich übergeben musst?"
„Es war so schnell. Ich wollte auch gar nichts essen."
„Wie sollst du dann gesund werden? Jetzt komm mal mit zum Waschbecken! Zieh dich aus und leg deine Sachen auf den Boden!"
„Ich will nach Hause."
„Das geht noch nicht."
„Wann dann?"
Schwester Sarah dreht den Wasserhahn auf und hält einen Waschlappen unter den Wasserstrahl.
„Ich weiß nicht."
Lina hält ihre Hände ins Waschbecken und beginnt zu weinen.
„Was ist heute für ein Tag?"
„Ende November. Es ist Ende November."
Ende November ist doch kein Tag, denkt Lina. Es soll mich wohl nicht interessieren, geht es ihr durch den Kopf. Ich komme hier eh so bald nicht raus. Irgendwann halt. Ist hier doch sowieso egal. Wieso frage ich auch?
Für mich gibt es nur rosa und blaue Tage.
Heute ist ein blauer Tag.

Kapitel 7

Frühjahr 2020

„Ein blauer Tag", wiederholte Juna leise.
Lina hielt inne und wartete einen Moment, bevor sie weitersprach.
„Blaue Tage waren qualvoll. Eigentlich waren alle Tage qualvoll, nur auf unterschiedliche Art und Weise. Die blauen Tage waren trostlos, ohne die Freude auf meine Eltern, eine einzige gähnende Leere. An den rosafarbenen Tagen freute ich mich auf meine Eltern und gleichzeitig waren sie überschattet von dem extremen Schmerz, wenn sie wieder gingen oder man mich eben nicht geweckt hatte.
All mein Wollen, Sehnen und Bitten und Flehen – all das blieb ohne Erfolg. Weder durften meine Eltern zu mir ins Zimmer, noch durfte ich auf den Flur. Und niemand sagte mir, wann ich jemals wieder nach Hause durfte.
Die Zeit breitete sich vor mir aus wie ein endloses Meer ohne Land in Sicht. Der Horizont verschob sich täglich weiter nach hinten.
Für Schwester Sarah mochte das belanglos sein, dass ich manchmal fragte, was gerade für ein Tag war. Doch ich wollte einen Fixpunkt, etwas Konkretes, etwas zum Festhalten.
*Für mich waren damals Begriffe wie **irgendwann** und **Ende November** mit einer Auflösung der Zeit verbunden. Ich konnte es nicht in Worte fassen, aber ich fühlte sehr genau, dass es für mich keine baldige Befreiung geben würde. Das Isolierzimmer, in dem ich war, löste die Zeit auf. Meine*

Krankheit verdammte mich zu einer gefühlten Endlosigkeit, in der sich niemand bemüßigt fühlte oder es wagte, mir genaue Zeitangaben zu machen. Niemand wusste, wann und ob ich überhaupt jemals gesund werden würde. Niemand sprach mit mir über meine Krankheit. Sie sprachen über mich, aber nicht mit mir. Ich las nur in den Gesichtern, versuchte zu interpretieren, wenn sie die Verbände wechselten, mich wuschen oder auf das Thermometer schauten. Fieber bedeutete für mich kein Wissen um eine Temperaturangabe, keine Zahl. Ich las die Höhe der Temperatur in dem Entsetzen der Gesichter, wie ich überhaupt vieles in den Gesichtern und ihren Bewegungen las. Und dann überließen sie mich meinen Phantasien und meinen Ängsten.

They left without a word.

Sie dachten wohl, wenn sie nicht mit mir über meine Krankheit sprechen, dann sei es nicht so schlimm für mich. Doch das Gegenteil war der Fall, denn die Phantasie kennt bekanntlich keine Grenzen.

Und mit meinen Eltern konnte ich auch nicht sprechen. Sie standen schließlich auf dem Flur. Okay, man mag einwenden, wegen der Gefahr einer Infektion. Aber sie hätten Schutzkleidung und Desinfektionsmittel für die Hände bekommen können. Dreimal in der Woche, nur dreimal durfte ich meine Eltern sehen und immer nur getrennt durch die Glasscheibe, eine absolut stumme Kommunikation, ohne ein hörbares Wort, ohne eine Berührung. Steril, stumm.

Nur zu Doktor Greifer hatte ich eine Verbindung. Auf ihn freute ich mich und er reparierte mein Spielzeug."

„Immerhin. Aber wahrscheinlich hatte er wenig Zeit, nicht wahr?"

Lina wandte das Gesicht ab. Noch im Wegdrehen erkannte

Juna diesen Blick, den sie schon als Kind an ihrer Oma kennengelernt hatte, nur nie zu deuten wusste. Es lag etwas unaussprechlich Schmerzvolles in ihm, etwas Geheimnisvolles, das sie verbarg.

Die Antwort kam flüsternd.

„Stimmt. Er hatte wenig Zeit. Und manchmal passierte es, dass er schon auf dem Weg zu mir war, ich ihn vor der Glasscheibe sah, kurz davor, die Tür zu öffnen und Schwester Sarah eilte aus dem Dienstzimmer, rief ihn und er ging fort. Vielleicht ging es um einen Notfall. Dann konnte es geschehen, dass er gar nicht mehr kam. Aber wenn er kam, musste ich oft erst Spritzen über mich ergehen lassen, bevor er mit mir spielte oder mir Geschichten erzählte. Meine Mutter sagte später einmal zu mir, dass sie im Krankenhaus mit mir experimentiert hatten.

Learning by doing.

Das Unbekannte zu verstehen, ist wie das Bereisen eines fernen Kontinentes.

Sie konnten nur ausprobieren, was ihnen einfiel und dann beobachten, was passierte. Letztendlich war ich Teilnehmer in einem Experiment, der Erste einer Studie. Niemand wusste Bescheid. Wir waren Unwissende. Allesamt."

„Das ist sehr gruselig!"

„Einmal gab mir eine Krankenschwester, es war nicht Schwester Sarah, und ich weiß ihren Namen nicht mehr, das Fieberthermometer in die Hand und sagte, sie komme gleich wieder, sie müsse noch irgendetwas holen. Ich sollte das Thermometer auf keinen Fall fallen lassen wegen des Quecksilbers darin. Es sei giftig. Nun, was glaubst du, was passierte?"

„Du hast es fallen lassen?"

„Ja. Und ich weiß bis heute, wie ich auf die Scherben blickte und die silbrigen kleinen Kügelchen, die ausliefen. Ich habe es als Bild im Kopf, die feinen, dünnen Splitter und diese silbergrauen Tröpfchen des Quecksilbers. Es hatte etwas unwiderstehlich Faszinierendes. Die Schwester hat natürlich geschimpft."

„Das wundert mich jetzt nicht. Das war ja zu erwarten."

„Stimmt. Es war nicht schwer, Voraussagen zu treffen, selbst für mich damals, obwohl ich noch ein kleines Kind war."

Schweigen erfüllte den Raum. Juna schaute in den Garten, in dem sich die ersten Zeichen des nahenden Frühlings zeigten, kleine Knospen am Mandelbaum, ungeöffnet noch, das erste zaghafte Gelb der Forsythien. Ein sanfter Nieselregen hatte eingesetzt. Der Liguster tropfte.

Wie sehr Juna ihrer Mutter ähnelt, ging es Lina durch den Kopf, die feine Gesichtszeichnung, die hohen Wangenknochen, die Form der Augen. Nur die Lippen sind anders, etwas voller, expressiver. Lina ließ ihre Enkelin gewähren und unterbrach sie nicht in ihren Gedanken. Sie wartete geduldig, bis Juna das Gespräch wieder aufnahm.

„Oma, würde es dir eigentlich heutzutage schwerfallen, wenn man dich in zweiwöchige Quarantäne schicken würde? Wegen der Corona-Pandemie, du weißt schon. Immer mehr Menschen sind infiziert oder müssen als Verdachtsfall zwei Wochen zu Hause bleiben. Wie wäre es für dich, wenn du nicht mehr vor die Tür gehen dürftest?"

„Es würde mir nicht schwerfallen. Im Gegenteil. Ich kann sehr gut allein sein, manchmal zu gut. Dann bin ich dankbar, wenn sich jemand bei mir meldet, also sozusagen an meine Türe klopft und mich herausholt. Ich hoffe immer, dass man *es mir nicht übel nimmt, wenn ich abtauche. Hin und wieder brauche ich es, dass mich jemand ruft. Es ist keine Interesselosigkeit, wenn ich mich zurückziehe. Ich merke es einfach nicht. Es ist, als wäre ich in diesem Zimmer von damals, eingeschlossen, obwohl die Tür nicht mehr verschlossen ist.*

Ich freue mich, wenn jemand anruft oder vorbeikommt. Du tust es, mehr noch, du bist ehrlich an mir interessiert. Das rührt mich mehr, als du dir vorstellen kannst. Dafür möchte ich dir danken.

Und weißt du was, jetzt machen wir beide mal eine Pause. Lass uns etwas essen! Hast du Lust, ein paar Brötchen zu holen? Ich mache uns Rührei. Tomaten, Käse und Gurken habe ich im Haus."

Juna war überrascht über den plötzlichen Themenwechsel. Aber so war ihre Großmutter eben. Manchmal wechselte sie spontan das Thema.

Das Schwere wechselte ab mit dem Leichten. Beide Seiten brauchten sich gegenseitig. Das Schwere war nur zu ertragen, wenn man sich auch dem Leichten zuwenden konnte, wie ein Aufatmen oder Durchatmen, nachdem man tief zum Grund getaucht war. Und durch das Schwere wiederum wurde das Leichte intensiver empfunden. Es machte sensibel für all jene kleinen Dinge des Lebens, an denen andere achtlos vorbeigingen.

In der Dunkelheit scheint bereits ein kleines Licht sehr hell.

"Was für Brötchen hättest du denn gerne?"

"Überrasch' mich einfach! Nur bitte kein Croissant! Das ist Fett ohne Substanz und macht nicht satt."

"Okay. Ich hole nur noch schnell meinen Helm."

Juna stieg auf ihr Rad und fuhr los. Die Straßen waren verlassen, nur vereinzelt sah man jemanden, entweder allein oder nur zu zweit, manche mit Mundschutz, manche ohne.
„Bleibt zu Hause!"
Immer mehr Menschen hielten sich daran.

Das Jahr 2020 würde jedem in Erinnerung bleiben. Es würde Eingang in die Geschichtsbücher finden. Von Lebensmittelgeschäften, Drogeriemärkten und Apotheken abgesehen, waren die Läden geschlossen, ebenso die Cafés, Restaurants, Kinos, Schulen, Kindergärten, Schwimmbäder. Firmen kämpften um ihre Existenz. Die Angst vor SARS-CoV-2 (Schweres Akutes Respiratorisches Syndrom) hatte das öffentliche Leben zum Stillstand gebracht. Die Krankenhäuser in Südeuropa waren bereits überlastet, das Pflegepersonal erschöpft, die Ärzte ausgebrannt, viele bereits selbst infiziert. COVID-19 erstickte die Menschen. Die Lungenentzündung war kaum in den Griff zu bekommen. Särge wurden gelagert.
Die Krematorien konnten nicht mithalten.

Social Distancing wurde zur Überlebensstrategie.
Abstand halten und niemanden sehen, mit dem man nicht in einem Haushalt zusammenlebte.

Zwar vermisste Juna ihre Freundinnen, doch hielt sie sich an die Vorschriften der Regierung. Es war das erste Mal, dass sie die Macht des Staates spürte. Politik war bisher etwas Abstraktes für sie, etwas, worüber man in den Nachrichten hörte und im Unterricht, etwas, worüber Verwandte schon mal auf Geburtstagsfeiern diskutierten aus Leidenschaft oder Rechthaberei. Doch diesmal hörte sie sich sogar die

Ansprache der Bundeskanzlerin an die Bevölkerung an.
„Es ist ernst. Nehmen Sie es auch ernst!"

Als Juna mit ihrem Rad an jemandem vorbeifuhr, hielt sie sogar einen Moment die Luft an und atmete lange aus, sobald sie an der Person vorbei war. Bloß nicht einatmen, was der andere ausgeatmet hat!
An der roten Ampel hielt sie großen Abstand zu dem Radfahrer, der jetzt vor ihr stand, und überholte ihn bei Grün.
Die Luft war wunderbar klar, etwas kühl, aber nicht so kalt, als dass sie den Atem hätte sehen können. Das hätte es erleichtert. Sie hätte den ausströmenden Atem des Vordermannes sehen können, gezielter seinem Aerosol ausweichen können. So tat sie es auf Verdacht mit einem Schlenker nach links, in der Hoffnung, dass nicht gerade ein Auto zu nah an ihr vorbeifahren würde. Und wieder hielt sie den Atem an.
Unwillkürlich dachte sie an das Lied 'Skyfall', in dem es hieß: „Hold your breath and count to ten".
Es war anstrengend, ständig die Luft anzuhalten. Juna hoffte, nicht zu vielen Menschen zu begegnen, denn sie würde jedes Mal die Luft anhalten, bis ihr schließlich schwindelig werden würde.
Gemeinsam mit ihrer Mutter schaute sie sich abends den Podcast mit Professor Christian Drosten an. Sie war beeindruckt, wie flüssig und ohne diese sonst so üblichen Pausenfüller, diese „ähs" und „ähms" er sein Wissen über das Virus darlegen konnte. Gern würde sie auch Forscherin werden. Das Fragen war ihr zu eigen. Und so fragte sie sich, wieso er sich für die Virologie interessierte. Wie viel Zeit verbrachte er damit, fast unsichtbare, unfassbare, winzige Wesen zu studieren.

Wie viel Zeit mochte er den sichtbaren Wesen, den Menschen widmen?

In Gedanken versunken, wurde die Umgebung zum Hintergrund. Doch gerade noch rechtzeitig bemerkte Juna die geöffnete Autotür und den Fuß, der sich plötzlich auf den Radweg stellte. Sie bremste abrupt. In geringem Abstand kam sie vor der älteren Frau zum Stehen. Diese erschrak und schimpfte drauf los. Was fürchtete sie mehr? Den Zusammenprall oder das Aerosol?

Juna gestikulierte wortlos mit angehaltenem Atem und hoffte, dass die Frau aus ihren wilden Gesten so etwas wie eine Entschuldigung herauslesen konnte.

Dann setzte sie mit ihrem Rad ein Stück zurück und fuhr zügig an der Frau vorbei, atmete einmal kräftig aus, bevor sie Luft holte. Nicht ein einziger Erreger sollte die Chance haben, von ihr Besitz zu ergreifen.

Der Höhenweg war lang, doch endlich erblickte sie die Aral-Tankstelle. Die Bäckerei war also nicht mehr weit entfernt.

Sie schloss ihr Rad mit zwei massiven Kettenschlössern ab. In der letzten Zeit wurden vermehrt Fahrräder gestohlen. Selbst Toilettenpapier wurde geraubt, wenn man nicht gut genug darauf aufpasste. Eine Freundin hatte vom Einbruch in den Hauskeller berichtet. Es war tatsächlich nicht nur ihr Fahrrad, sondern auch das Toilettenpapier verschwunden.

In der Corona-Krise war es zu einer Aufwertung von Toilettenpapier gekommen, denn erstmals in ihrem Leben, von der Kriegsgeneration abgesehen, standen die Menschen in den Geschäften vor leeren Regalen, in denen nicht nur viele Lebensmittel wie Reis, Mehl, Nudeln, Kartoffeln und Hefe fehlten, sondern eben auch das so dringend benötigte

Toilettenpapier. Auch Seifen und Desinfektionsmittel waren ausverkauft.

Paradigmenwechsel.

Plötzlich erlangten Gegenstände ungeheure Bedeutung, von denen sonst nur beiläufig Notiz genommen wurde.

Juna stellte sich in die lange Warteschlange vor der Bäckerei, in der jeder den Mindestabstand von anderthalb Metern einhielt. Die Person direkt vor ihr, ein großer, hagerer Mann um die Zwanzig, tänzelte ungeduldig von einem Bein auf das andere, als übe er einen Tanzschritt ein.

Als er Juna ansprach, beklagte er sich über das Virus und die ganzen Einschränkungen. Seine Vorlesungen fänden nur noch online statt. Er wollte aber lieber zur Universität.

„Ist doch besser als nichts", gab sie zur Antwort. Das gefiel ihm gar nicht. Daraufhin sprach er lauter und vehementer. Gern hätte sie zu ihm gesagt, dass er die Klappe halten sollte. Sollte er sich doch endlich beruhigen, der Depp!

Juna störte die Heftigkeit, mit der er seine Worte aussprach, weniger der Lautstärke wegen als vielmehr wegen des Drucks, des Sprechdrucks, mit dem er seine Worte hinausschleuderte ebenso wie sein Aerosol. All die widerlichen, feinen Tröpfchen, die er ausspie - ihr entgegen! Sie wollte das, was sich in seinen Atemwegen befunden hatte, keinesfalls einatmen. Sofort begann sie, ihm entgegen zu pusten, mehrfach hintereinander, um den Luftstrom in seine Richtung zurückzulenken. So ähnlich sieht es aus, wenn jemand Kerzen auf einer Geburtstagstorte ausbläst.

„Hast du Asthma?", entfuhr es ihm.

Erschrocken wich sie zur Seite.

„Was fragst du denn so? Lass mich doch einfach in Ruhe!"

Er schüttelte den Kopf und sagte noch irgendetwas Unfreundliches, bevor er in die Bäckerei ging.

Kurz darauf war es auch Juna erlaubt, die Bäckerei zu betreten. Sie zog die Maske über Mund und Nase. Der Bereich des Cafés, rechts um die Theke herum, wo sie noch vor ein paar Wochen mit ihren Freundinnen gefrühstückt hatte, war mit rotweißen Flatterbändern abgesperrt.

Hinsetzen verboten!

Links neben ihr stand zappelig der mürrische, junge Tänzer, anderthalb Meter entfernt. Gelbe Klebestreifen auf dem Boden markierten den Mindestabstand. Mehr als zwei Kunden durften nicht gleichzeitig an der Theke stehen. Eine Verkäuferin, durch eine hohe Plexiglasscheibe geschützt, nahm Junas Bestellung entgegen.

„Ich hätte gerne drei Vollkornbrötchen und drei normale Brötchen."

„Wie war das, bitte?"

„Drei Vollkorn-..."

„Sie müssen bitte etwas lauter sprechen! Ich verstehe Sie nicht so gut. Die Maske, wegen der Maske!"

„Drei Vollkornbrötchen und drei normale Brötchen, bitte!!"

„Ja, so ist richtig!"

Die Verkäuferin reichte Juna die Brötchen. Sie zahlte, verzichtete auf das Wechselgeld, es waren eh nur 35 Cent, und lief nach draußen zu ihrem Rad. Mittlerweile war die Warteschlange vor Schollin auf sechs Personen angewachsen.

Drei ältere gebrechliche Frauen, vermutlich zur Risikogruppe gehörend, trugen Mund-Nasen-Schutz, zwei junge Männer ohne Schutzmaske unterhielten sich über das Corona-Update, ihre Gesichter jeweils abgewandt, als sprächen sie mit jemand Anderem, einem Unsichtbaren neben sich. Der sechsten Person in der Reihe, einer Frau mittleren Alters, konnte man ansehen, dass sie krampfhaft versuchte, ihren Husten zu unterdrücken, was ihr aber nicht gelang. Entsetzte, strafende Blicke der beiden Männer direkt vor ihr. Sie rückten ab. Die Frau schaute zu Boden und zog ihr Halstuch vor das Gesicht.

Juna steckte die Brötchen in ihre Fahrradtasche, tippte ihrer Großmutter eine Nachricht über WhatsApp, 'bin gleich da', und fuhr schleunigst davon. In dem Linienbus, der sie überholte, saß kein einziger Fahrgast. Manchmal glaubte sie, sie befände sich in einem bösen Film und es sei alles nicht real.

Außer Atem und verschwitzt schloss Juna die Tür auf.
Endlich wieder zu Hause!
Endlich weg von der Straße!
Der Tisch war gedeckt, weiße Teller mit gelbem Rand und große Tassen aus derselben Serie. Mit kleinen Tassen gab ihre Großmutter sich nicht zufrieden. Sie liebte die großen Becher. Das war schon immer so. Und sie hatte Narzissen aus dem Garten geholt.

Sie setzten sich. Lina schenkte Kaffee ein. Juna schnitt zwei Brötchen auf. Krümel sprangen zur Seite. Hier zu Zuhause war noch alles normal. Man konnte so tun, als gäbe es keine Pandemie. Manchmal zumindest. Wenn man keine Nachrichten hörte. Aber es gelang nicht wirklich.

Sie reichte Lina ihr Brötchen.
„Oma...."
„Ja?"
„Ach, nichts."
Juna schnupperte an den Narzissen.

„Riechen gut."

„Nun, sag schon! Was ist los?"

„Ach! Ich möchte, dass alles so bleibt, wie es ist."

Sie schwieg einen Moment, bevor sie weitersprach.

„Ich habe Angst, dass du krank wirst. In den Nachrichten sagen sie, dass besonders ältere Menschen an COVID sterben. Oma, du musst ab heute nicht mehr einkaufen. Ich erledige das für dich. Und wenn du sonst irgendetwas brauchst, dann sag es mir, bitte! Okay?"

„Du machst dir Sorgen, hm?"

„Sehr!"

„Ich passe schon auf."

„Versprochen? Oma, du hast nun mal dein Alter, auch wenn du deutlich jünger aussiehst! Deine Haare sind zwar immer noch ziemlich dunkel und du hast nur vereinzelt graue Strähnen. Ich kenne auch sonst keine andere Großmutter, die Jeans und Sweatshirt trägt und noch so beweglich ist wie du. Aber, du gehörst trotzdem zur Risikogruppe!"

„Versprochen! Ich passe auf mich auf."

Lina strich Nutella auf ihr Brötchen.

„Möchtest du auch?"

Juna nickte und nahm das Glas Nutella entgegen.

„Komm, wir verreisen!"

„Verreisen? Oma, wohin?"

„In die Vergangenheit."

Lina zwinkerte und nahm einen Schluck Kaffee.

„Ich erzähle dir heute von den 'blauen Tagen' im Krankenhaus. Das wird allerdings nicht einfach für mich. Ich habe kaum jemals davon gesprochen."

„Warum? Diese Zeit war doch nicht unwichtig."

„Nicht unwichtig? Du drückst es zaghaft aus. Wenn du über etwas sprechen willst, das dir sehr wichtig ist, achte darauf, *dass du einen Zuhörer von gleichem Tiefgang hast."*

„Hm, von gleichem Tiefgang?"

„Ja, damit du sicher sein kannst, dass der andere dir auch wirklich zuhört und versucht, es nachzuempfinden."

„Hm, das nehme ich als Kompliment."

„Das kannst du, meine Liebe! Du bist nämlich so ein Mensch. Also, es gab mehr blaue als rosa Schleifen, das heißt, mehr blaue als rosa Tage. Wie du weißt, waren die blauen Tage jene Tage, an denen ich keinen Besuch bekam. Blau wurde für mich zu einer Farbe der Trauer. Es waren Tage vollendeter Trostlosigkeit. Nur ein paar Jahre später kam das Lied 'Mamy Blue' heraus. Ein melancholisches Lied. Wann immer ich es hörte, machte es mich traurig. Wann immer ich es heute irgendwo höre, schon allein den Beginn, die ersten Klänge, ist es wie ein Riss im Raum-Zeit-Gefüge, als öffne sich eine unsichtbare Tür in die Vergangenheit und ich stehe wieder dort in diesem Zimmer, allein."

„Wie war denn der Text?"

„Im Winter gingst du von mir fort. Oh, Mami. Ganz ohne Kuss und Abschiedswort. Oh Mami. Du drehtest dich nicht einmal um. Oh Mama....Ich fühl mich so allein."

„Oh, je!"

„Erst kürzlich habe ich entdeckt, dass ich den Beginn des Liedes als Kind falsch verstanden habe. Juna, ich habe das Lied auf die Art und Weise interpretiert, wie es zu meiner Situation passte. Denn eigentlich wird etwas ganz anderes gesungen."

„Und was? Wie heißt es denn richtig?"

„Kleinen Moment, ich spiele es dir vor. Dann hörst du auch

die Melodie."

Lina koppelte ihr Smartphone mit einem Lautsprecher.

"Oh Mamy, oh Mamy, Mamy Blue, oh Mamy Blue.
Ich ging im Zorn einst von dir fort,
Ganz ohne Kuss und Abschiedswort.
Ich drehte mich nicht einmal um – oh Mama.
Ich sah das Leben und die Welt
Und plötzlich hab ich festgestellt,
Wie sehr mir deine Liebe fehlt – oh Mamy
Ich fühl mich so allein."

„Erkennst du den Unterschied?"
„Aber ja!"
„Immer, wenn ich dieses Lied hörte, war sie schlagartig präsent, diese Situation an jenem gottverdammten Sonntag, an dem ich glaubte, der Besuch im Krankenhaus sei nur ein kleines Abenteuer. Dieser Moment ist sofort wieder da, als ich mich von der Hand des Arztes losreißen und weg wollte und nur noch sah, wie meine Mutter die Tür hinter sich schloss, ganz ohne Kuss und Abschiedswort."
„Warum haben deine Mutter und Doktor Greifer das so gemacht? Das darf man doch nicht tun!"
„In den 60ern war man nicht so zimperlich. Wahrscheinlich dachten sie, dass der Abschied sonst ganz fürchterlich wird. Aber ein Kind zurück zu lassen ohne Erklärung und ohne ein liebes Wort, das ist mehr als fürchterlich! Weißt du, manche Momente werden zur Ewigkeit."

Mit einem Finger schob Lina Krümel auf dem Teller hin und her.

„Ewigkeit...Schrecklich! Wie hast du das nur ausgehalten?"

„Du bist die erste, die mich das fragt. Wenn ich jemals – und das war selten – diese Zeit erwähnt habe, ist es nur wie ein Faktum registriert worden, ohne dass ich ein besonderes Aufmerken oder eine emotionale Rührung beim anderen bemerkt hätte.

An einem dieser blauen Tage, als ich auf dem Boden an der Tür saß und lauschte, worüber die Krankenschwestern im Dienstzimmer sprachen, hoffte ich so sehr, dass Doktor Greifer noch einmal zu mir kommen würde. Ich hörte, wie sie über mich sprachen. Hoffnung kam in ihren Worten nicht vor, nur Entsetzen und die bange Frage, ob ich überleben würde."

„Du konntest zuhören?"

„Ja. Deren Tür stand auf und ich hatte meine Tür einen Spalt geöffnet."

„Und ist Doktor Greifer an dem Tag noch gekommen?"

„Nein. Er war auf dem Weg zu mir. Ich sah ihn durch die Scheibe. Aber dann rief ihn Schwester Sarah. Schließlich stellte ich mich an die Tür und schaute hinaus auf den Flur. Ich dachte nur, warum schnappt sie ihn mir weg? Sie wusste doch, dass es ein blauer Tag für mich war und meine Eltern nicht kommen durften."

Kapitel 8

Damals

Der Flur ist lang und ohne Tageslicht. Fenster gibt es nur zur Beobachtung der Kinder in ihren Zimmern.

Nur Kunstlicht, Neonlicht. Eine Röhre flackert. Ein großer Mann mit grauen Haaren und Brille, in dunkelgrauem Kittel und weißen Sportschuhen stellt eine Leiter in den Flur und wechselt die Neonröhre.

Zwei schmächtige Jungen, der eine blond, der andere mit Glatze, gesellen sich zu ihm. Sie fragen, ob er wieder Süßigkeiten mitgebracht hat. Seine Hand gleitet in die Kitteltasche. Lina sieht ihn lächeln, als er sich nach unten beugt und den beiden eine Tüte Bonbons reicht.

Sie hüpfen vor Freude.

„Danke! Danke!"

„Aber teilen müsst ihr, verstanden?"

„Na klar!"

Die Tür zum Schwesternzimmer geht auf. Schwester Sarah flitzt heraus mit einer Geschwindigkeit, die nichts Gutes verheißt.

„Was ist denn hier los?"

Die Jungen flüchten, beide in dasselbe Zimmer. Die Türe knallt.

„Alles in Ordnung, Schwester! Die Buben haben mir nur zugeschaut, wie ich die Lampe repariere. Wollten etwas dazulernen."

Er steigt von der Leiter. Schwester Sarah steht jetzt direkt vor ihm wie ein Ausrufezeichen in einem Text. Lina betrachtet sie von hinten. Ihre Haare sind zu einem langen Zopf geflochten, am unteren Ende eine lila Schleife. Sie ist aufgebracht und während sie mit dem Hausmeister spricht, bewegt sich der Zopf über ihren Rücken wie ein Pendel von links nach rechts. Erst jetzt bemerkt der Mann Lina. Ängstlich sieht sie aus, geht es ihm durch den Kopf. Sofort legt sie ihren Zeigefinger auf die Lippen. ʹBitte verrate mich nicht!ʹ, denkt sie. Er nickt, ganz sacht nur und hofft, dass Schwester Sarah sich nichts dabei denkt.

„So, so, die Jungen wollten etwas lernen!"

„Ist das verboten?"

Noch immer steht Lina still in der Tür. Sie glaubt, ein Lächeln in seinem Gesicht zu sehen und ein kurzes Zwinkern seines rechten Auges. Ist es Zufall oder bedeutet es irgendetwas? Es könnte etwas Gutes bedeuten. Lächeln und Zwinkern. Zwinkern ist das Lächeln der Augen.

Plötzlich dreht sich Schwester Sarah um. Lina erstarrt.

„Du sollst doch in deinem Zimmer bleiben!"

Schnell steuert sie auf das Mädchen zu.

„Ab in dein Zimmer! Und lass die Türe zu! Hast du mich verstanden?"

Wortlos schließt Lina die Tür und klettert auf die Fensterbank.

Kalt ist sie. Spürbar kälter als sonst.

Auf der Straße laufen die Fußgänger leicht nach vorn gebeugt. Ihre Haare flattern im Wind. Einige tragen Mützen, manche Kapuzen. Niemand hält einen Schirm. Die Bäume schütteln ihre Äste und Zweige, als wollten sie eine Last hinwegschleudern. Sie sind kahl wie Skelette. Der Wind drückt gegen die Scheibe, ein kühler Luftzug am Bein. Lina greift nach dem Fernglas und hält Ausschau nach Pan Tau.

Kein Licht in den Zimmern. Wo ist er nur? Vielleicht liegt er auf der Couch und schläft? Oder ist er nicht zu Hause?

Lina lehnt ihren Kopf gegen die Scheibe und schließt die Augen. Sie denkt an ihren Bruder Dilan, versucht, sich an sein Gesicht zu erinnern. Sie sieht ihn vor sich, weizenblond, und mit diesem schelmischen Lächeln. Sommersprossen auf der Nase und einen Wirbel vorne am Haaransatz, über den er sich immer ärgert. Überall blaue Flecken an seinen Beinen vom Fußballspielen. Und wie er ihr beibringen wollte, wie man jemandem den Ball abjagt. Er war stolz auf sie.

Ein heftiger Windstoß gegen das Fenster reißt sie aus ihrem Tagtraum. Jetzt erst hört sie den Regen. Erneut schaut sie zur Hauswand gegenüber. Pan Tau ist noch immer nicht da. Enttäuscht rutscht sie von der Fensterbank und setzt sich auf den Boden direkt darunter, mit dem Rücken an die klobige, gluckernde Heizung mit den dicken, weißen Rippen, an denen der Lack abblättert. Nur lauwarm. Sie dreht den Regler höher, lehnt sich wieder an, zieht die Knie zum Kinn, legt den Kopf ab und träumt davon, wie sie zu Hause in der Badewanne sitzt in dem warmen Wasser mit den Schaumbergen. Ihre Mutter gibt ihr lächelnd eine Gummiente in die Hand. Sie drückt die Ente unter Wasser und jedes Mal, wenn sie loslässt, schießt sie wieder empor.

Plötzlich ein brennender Schmerz am Rücken. Abrupt steht sie auf. Der Heizkörper ist bedrohlich heiß. Sie setzt sich ins Bett mit dem Blick zur Tür. Daneben, in geringem Abstand, das breite Fenster zum Flur.

Zimmer mit Ausblick.

Zimmer mit Einblick.

Ab und zu schaut jemand hinein, im Vorbeigehen, auf dem Weg zu einem *anderen* Kind, nur kurz, sekundenschnell. Lina fragt sich, ob man sie in der Schnelligkeit überhaupt

sehen kann. Ist das traurig oder ein Trost?
Flüchtige Augenblicke, so schnell vorbei wie ein Wimpernschlag.

Doch heute ist es anders.
Jemand bleibt stehen, verweilt ganz unerwartet. Er sieht ein
kleines Mädchen auf dem Bett, mit dem Rücken zur Wand.
Der Mann mit den grauen Haaren klopft gegen die Scheibe,
einmal, zweimal, mehrfach. Lina steht auf und geht zu ihm.
Er hebt die ausgetauschte Neonröhre hoch. Lina kann seine
kräftigen Hände sehen. Er trägt einen goldenen Ring. Dann
hebt er eine Hand und winkt. Sie winkt zurück. Er lächelt,
zwinkert ihr zu und geht. Lina setzt sich zurück aufs Bett.

Doch bevor die Stationstür ins Schloss fällt, hört sie das
Geräusch von Absätzen, eine ganz besondere Art von
Klackern, wie es für Damenschuhe mit höherem Absatz
typisch ist. Schritte, die sich nähern und schließlich vor
ihrem Fenster zum Stillstand kommen.
Eine Frau, vermutlich eine Besucherin, bleibt am Fenster
stehen, sekundenlang. Vielleicht ist es auch eine Minute.
Lina kann es nicht einschätzen. Sie beobachtet das Mädchen,
ein bisschen so wie Menschen im Zoo es tun, die Wildtiere
im Käfig betrachten. Sie zieht ihre Handschuhe aus und
zupft am Ohrläppchen. Kein Lächeln. Nur ein kurzes Zucken
im Mundwinkel, bevor sie sich abwendet.
Im Weitergehen schüttelt sie ihren Kopf, nicht heftig, nur
leicht, aber doch sichtbar, so wie jemand, der etwas verneint,
ohne dabei zu sprechen.

Kapitel 9

Frühjahr 2020

Auch Juna schüttelt ihren Kopf, so wie die Frau vor dem Fenster, während sie mit dem Zeigefinger die letzten Brötchenkrümel von ihrem Teller pickt. Sie ist überrascht, wie viele Dinge ihre Großmutter in Erinnerung behalten hat.
„Wieso weißt du das alles noch? Wie ist das möglich?"
„Keine Ahnung. Es ist einfach so. So viele Bilder in meinem Kopf."
„Wie ging es dann weiter?"
„Diese Szene mit der Frau ist mir nicht mehr aus dem Sinn gegangen, nicht während der Nacht und auch nicht am nächsten Morgen. Was dachte diese Frau? Tat ich ihr leid? Konnte sie fühlen, wie es mir ging? Warum schüttelte sie den Kopf? Ich konnte nichts fragen, nichts sagen. Alles, was ich konnte, war, mir irgendetwas zu überlegen, ohne jemals die Chance zu haben, es überprüfen zu können. Alles, was ich tun konnte, war, etwas zu beobachten und meiner Phantasie freien Lauf zu lassen. Meine Phantasie war meine Welt."
„Was hast du dir denn überlegt, Oma? Was war mit der Frau?"
„Warum sie den Kopf geschüttelt hat, das konnte ich damals nicht herausfinden. Heute denke ich, dass sie es schrecklich fand, dass ich immer allein war."
„Wusste sie das denn?"
„Ja. Ich habe sie öfter vorbeigehen sehen, manchmal schnellen Schrittes, ohne zu mir zu schauen, manchmal langsamer und manchmal blieb sie stehen. Dann lächelte sie

leicht."

„Und was hast du damals gedacht? Erinnerst du dich?"

„Ich habe gedacht, dass sie mich irgendwie mochte, so wie ich auch die Löwen mochte und darum vor ihrem Käfig stehen geblieben war. Ich dachte, wenn sie länger vor meinem Fenster steht, um mich anzuschauen, dann mag sie mich. Sie kam übrigens immer auf die Station, wenn ich blaue Tage hatte. Meine blauen Tage waren für ihr Kind dann wohl rosa Tage. Irgendwann habe ich gesehen, wie sie in einem der Zimmer verschwand. Aber sie kam niemals mit ihrem Kind auf den Flur. Zumindest, soweit ich das beobachten konnte. Sie war groß, trug immer einen braunen Mantel. Als sie die Handschuhe auszog, fiel mir auf, dass diese fein aussahen, also, ich meine, nicht so dick. Sie sahen irgendwie zart aus.

Heute würde ich sagen, es waren Handschuhe aus feinem Leder. Ich nannte sie Martha. So hieß meine Tante."

„War das ihr richtiger Name?"

Lina lachte.

„Wahrscheinlich nicht."

Kapitel 10

Damals

Martha steckt die Handschuhe in ihre Manteltasche und geht weiter. Lina eilt zur Zimmertür, öffnet sie vorsichtig und steckt ihren Kopf durch den schmalen Spalt. Sie hofft, unbemerkt zu bleiben. Martha steht schon vor dem Zimmer, in dem sich ihr Kind befindet. Doch bevor sie hinein geht, hält sie inne, wendet den Kopf und schaut zurück. Warum? Warum geht sie nicht einfach? Sie hebt den Arm und winkt. Wen meint sie? Meint sie mich? Lina ist verunsichert. Doch wen sollte sie schon meinen? Da ist sonst niemand auf dem Flur.

Noch immer wartet Martha vor der Tür. Sicherlich sind es nur wenige Sekunden, doch einem Mädchen, das verbotenerweise bereits mit einem Fuß auf dem Flur steht und fürchtet, entdeckt zu werden, erscheinen selbst Sekunden wie Minuten. Doch dann geht Martha endlich ins Zimmer. Barfuß folgt Lina ihrer Duftspur. Der Geruch erinnert sie an den Garten zu Hause, an den Duft der Rosen, besonders an den Duft der weißen Rose, die ihr Vater so sehr liebt. Der Boden ist kalt. Unter ihren Füßen kleben Krümel.

Neben der Zimmertür gibt es auch ein Fenster. Vorsichtig späht sie hinein. Martha sitzt auf einem Stuhl vor dem Bett, mit dem Rücken zur Tür und hält die Hand ihres Kindes. Sieht aus wie ein Junge, denkt Lina, ein bisschen älter als sie selbst. Er ist blass wie das Deckweiß in ihrem Farbkasten und die Augen, übergroß in den tiefen, dunklen Höhlen, wollen einfach nicht in dieses zarte Gesicht passen. Sie versucht, in seiner Mimik zu lesen. Wie ein Blinder mit seinen Fingern, so tastet sie sein Gesicht mit ihren Augen ab und plötzlich ist es ihr, als könne sie ihn fühlen, als fühle sie sein Inneres, seine Geschichte, seinen Schmerz. Und als Martha mit ihrer Hand über seine streicht, dann seinen Arm entlang, ist es ihr, als fühle auch sie diese Berührung, als werde auch sie einmal gestreichelt. Als er zu weinen beginnt, weint auch Lina. Mit einem Taschentuch tupft Martha seine Tränen fort. Wie angewurzelt steht Lina an dem Fenster, die geöffnete Hand gegen die Scheibe gedrückt. Als der Junge sie bemerkt, winkt er ihr zu. Nun bemerkt auch Martha das Mädchen am Flurfenster.

Noch im selben Moment wird es fortgerissen, als habe es ein Tornado gepackt.

„Du weißt genau, dass du in deinem Zimmer bleiben sollst! Du darfst nicht auf den Flur! Trotzdem tust du es. Warum? Mach das nie wieder! Hörst du mich?"

Schwester Sarah schiebt Lina in ihr Zimmer und schließt die Tür. Lina legt sich aufs Bett und wischt mit dem Ärmel des Schlafanzuges ihre Tränen fort. Sie schaut zur Decke, ein fleckig gewordenes Weiß, ergrautes Weiß. Eigentlich kein echtes Weiß mehr. Irgendetwas ist nach oben gespritzt, etwas Gelbes und auch etwas, das aussieht wie Blut. Aber was ist das Gelbe? Es hat wohl niemand gegen die Decke gepinkelt. Aber warum spritzt Blut nach oben? Blut an der Decke. Was haben die hier angestellt? Machen die das auch mit mir? Ich will nach Hause. Ängstlich steigt sie aus dem Bett, klettert die Fensterbank hinauf und schaut mit dem Fernglas zu den Fenstern von Pan Tau. Bist du zu Hause? Bitte sei doch da! Wo bist du? Kannst du mich sehen?

Doch in seinen Zimmern bleibt es dunkel. Kein Licht, kein geöffnetes Fenster, kein Vorhang, der sich im Luftzug bewegt, auch sonst keine Regung, ein Geräusch sowieso nicht. Kein Ton, der seinen Weg herüber findet, keine Musik, keine Melodie, die sich hierher verirrt.

Nichts.

Und in der Ferne bellt nicht einmal ein Hund.

Lina spürt ihn nicht, diesen Schmerz an ihren Fäusten, als sie gegen die Scheibe schlägt, erst zaghaft, dann immer fester, als wolle sie das Glas zum Bersten bringen, eine Öffnung schaffen zur Welt da draußen.

Plötzlich fühlt sie, wie jemand von hinten nach ihr greift, zwei Hände an ihrem Körper, die sie festhalten und nach hinten ziehen.

Jemand, der das weinende Mädchen an sich zieht, auf den Arm nimmt und an sich drückt. Eine Hand, die sanft ihren Rücken streichelt, bis irgendwann die Tränen versiegen.

Dann erst legt Martha sie auf das Bett und setzt sich zu ihr.

„Eigentlich darf ich gar nicht in dein Zimmer. Aber es gibt Situationen, da muss man eine Ausnahme machen und sich über Regeln hinwegsetzen. Wie heißt du eigentlich?"

„Lina."

„Und warum hat man dich hier eingesperrt?"

„Weil ich krank bin und niemand weiß, was ich habe."

Kapitel 11

Frühjahr 2020

„Weißt du, Juna, Martha hielt mich einfach im Arm. Sie hat mich gehalten. Ich glaube, ich habe ihren ganzen Mantel nass geweint."
Die Traurigkeit in Linas Stimme war unüberhörbar. Nur kurz wischte sie eine Träne fort.

Leise weinend *war eine Formulierung, die Juna immer wieder einmal bei ihrer Großmutter gehört hatte, wenn sie über eine Freundin sprach. Aber diese Formulierung traf auch auf Lina selbst zu.*
Sie weinte lautlos.
Warum tat sie das? War es noch immer der Zeit im Krankenhaus geschuldet, wo sie meistens allein war und sowieso nicht gehört wurde? Wenn niemand reagierte, warum sollte man sich dann bemerkbar machen? Es war diese Lautlosigkeit, die Juna schon früh aufgefallen war und sie an Einsamkeit denken ließ.

Daran musste Juna auch jetzt denken, als sie bemerkte, dass ihre Großmutter Tränen in den Augen hatte, aber sie zurückhielt.
„Martha schlich sich noch einmal in mein Zimmer. Und als sie mich fragte, ob ich mir irgendetwas wünschte, ob sie mir irgendetwas mitbringen könnte, da sagte ich, ja, ein Buch."
„Hat sie dir eins mitgebracht?"
„Das hat sie, nur kurze Zeit später. Sie blieb nur einen

Moment, denn wir fürchteten, entdeckt zu werden. Aber daher wusste ich, dass es ihr jüngstes Kind war, das sie besuchte und es tatsächlich ein Junge war. Er hatte Leukämie und war acht Jahre alt. Sein Name war Winfried.

Als sie ging, bin ich wohl eingeschlafen und wurde erst wieder wach, als Schwester Sarah das Abendessen brachte. Sie stellte das Tablett auf den Tisch an der Wand. Ihren Zopf hatte sie gelöst. Die Haare waren nun hochgesteckt und mit Klammern gehalten. Das Essen war wieder ekelhaft. Ich wollte es einfach nicht mehr haben."

Kapitel 12

Damals

„Komm her, Lina. Abendbrot!"

„Ich habe keinen Hunger."

„Du musst aber etwas essen, damit du gesund wirst."

Lina hebt ihre Beine aus dem Bett und setzt sich barfuß an den Tisch.

„Wo sind deine Pantoffeln? Du kriegst kalte Füße."

„Können ja weit nicht sein", gibt Lina teilnahmslos zur Antwort.

Als Schwester Sarah sie nicht sogleich entdeckt, bückt sie sich, um unter dem Bett nachzusehen. Tatsächlich sind sie dort und dahinter erblickt sie etwas, das sie nicht glauben will. Aber es erklärt den sonderbaren Geruch, den sie schon länger im Zimmer wahrgenommen hat. Eine einzige Pampe aus Essensresten, zerdrückten Möhren und Kartoffeln, Pilzen und Fleischresten. Sie richtet sich wieder auf und umfasst Linas Arm.

„Was hast du dir dabei gedacht, mein Kind? Das darf doch wohl nicht wahr sein!"

„Ich mag das einfach nicht. Das Abendessen mag ich auch nicht. Ich mag keine Salami."

Mit ihren Fingern piekst Lina Löcher in das Brot auf ihrem Teller und zieht die Wurst zwischen den Brotscheiben heraus.

„Was machst du da? Du musst das essen!"

„Nein!"

„Ich sage es dem Doktor, wenn du nicht isst."

Mit einer heftigen Handbewegung fegt Lina die Butterbrote vom Teller. Sie fliegen direkt auf den Boden.

„Nun reicht's aber! Du bist wohl verrückt! Das hebst du wieder auf!"

Lina greift die Salamischeiben und wirft sie Richtung Tür.

„Dann sag es doch dem Doktor! Er ist sowieso nicht mehr hier. Du kannst es ihm gar nicht mehr sagen! Er ist nämlich fort und ist erst morgen wieder da!"

Völlig verdutzt schaut Schwester Sarah das Mädchen an. Wie kommt sie darauf? Woher weiß sie das?

Kapitel 13

Frühjahr 2020

„Oma, woher wusstest du das? Ist das so gewesen? War Doktor Greifer wirklich nicht mehr da?"

„Ja, das war so."

„Und wieso wusstest du das so genau?"

„Gute Frage! Es ist eigentlich ganz einfach. Du musst nur genau hinschauen, dann siehst du sehr viel. Und nach und nach kannst du Hypothesen bilden, wie Menschen sich verhalten werden. Mit der Zeit entwickelst du einfach immer mehr Menschenkenntnis."

„Und was hast du denn beobachtet?"

„Mir war aufgefallen, dass Schwester Sarah jedes Mal den Arzt in Beschlag nahm, wenn sie einen Zopf hatte und die lila Schleife. Die Unterredungen, die sie führten, dauerten dann deutlich länger als sonst. Wenn Doktor Greifer die Station verlassen hatte, löste sie den Zopf und steckte das Haar hoch. Ich hatte unermesslich viel Zeit, meine Umgebung zu beobachten und die Personen zu studieren. Und da mein Zimmer nicht viel hergab, begann ich, jedes einzelne Detail, dessen ich gewahr wurde, zu registrieren und darüber nachzudenken. Ich habe jeden Wimpernschlag, jedes Zucken der Mundwinkel bemerkt, jede Geste, jedes Stirnrunzeln. An der Art und Weise, wie die Tür geöffnet wurde, erkannte ich, wer hereinkam, selbst, wenn ich nicht hinschaute. Mit einem Blick erkannte ich, mit welcher Stimmungslage ich bei Schwester Sarah oder auch bei Doktor Greifer zu rechnen hatte. Denn auch er war nicht

immer in derselben Stimmung. An manchen Tagen hatte er beinahe etwas Melancholisches an sich, nur hatte ich dafür natürlich noch keine Bezeichnung. Es war nur so ein Empfinden. Und es fühlte sich dunkel an."

Lina stellte die Teller zusammen, legte das Besteck darauf und auf dem Weg zur Küche, bevor sie in den Flur ging, tippte sie mit ihrem linken Fuß auf den Schalter der Stehlampe neben der Tür. Sie liebte indirekte Beleuchtung.
Eine Gabel fiel zu Boden. Juna hob sie auf und folgte ihrer Großmutter in die Küche. Die Spülmaschine war geöffnet und Juna steckte die Gabel in den Besteckkasten. Lina stand vor dem Fenster und schaute nach draußen. Juna spürte die plötzliche Stille, die von ihrer Großmutter ausging. Doch es war nur ein flüchtiger Moment.

„Komm, lass uns wieder ins Wohnzimmer gehen! Möchtest du noch einen Kaffee?"
„Gern."
„Ich auch. Geh ruhig schon mal rüber und mach es dir auf dem Sofa bequem. Ich komme gleich."

Während Juna es sich auf dem Sofa mit Decke und Kissen gemütlich machte, dachte sie an eine Begebenheit, die sie kürzlich zusammen erlebt hatten.

Sie hatten in einer Grillstube etwas zu essen bestellt und im Gastraum Platz genommen.
Außer der weiblichen Bedienung befand sich auch noch ein Mann hinter der Theke, mit dem sich die Frau unterhielt und den sie offensichtlich gut kannte. Sie wirkten vertraut miteinander. Noch bevor das Essen gebracht wurde, sahen

sie, wie der Mann durch das Lokal hindurch ging und hinter einer Tür mit der Aufschrift 'Privat' verschwand. Dann waren Geräusche zu hören, die an das Öffnen von Pappkartons denken ließen.

Kurz darauf servierte die Bedienung die bestellten Pommes Frites mit Currywurst. Doch nur Juna begann sofort zu essen, während Lina aufmerksam der Bedienung hinterher sah. Als diese sich dem Privatraum näherte, sprang Lina unvermittelt so schnell von ihrem Stuhl hoch, dass dieser fast umgekippt wäre. Sie stieß ein paar kurze, abgehackte Sätze aus:

„Wir müssen weg hier! Sofort! Komm schon! Der Mann rastet gleich aus und verprügelt die Frau! Wir müssen Hilfe holen!"

Fassungslos schaute Juna ihre Großmutter an. Doch schon im nächsten Moment waren Schläge zu hören und irgendetwas aus Glas zersprang. Die Frau schrie und kam in den Gastraum gerannt. Ihre Lippe blutete und auch am Auge gab es eine Verletzung. Sie steuerte auf das Telefon zu, das an der Wand hing, und hatte den Hörer bereits in der Hand, als der Mann das Telefonkabel aus der Wand riss.

Juna und ihre Großmutter eilten hinüber zur nächsten Wirtschaft und verständigten die Polizei.

Als sie kurz darauf im Auto saßen, aufgewühlt und still, konnten sie den Polizeiwagen ankommen sehen. Sie hatten die Fensterscheiben herunter gelassen und rauchten wortlos und schnell, schnippten dann die Filter mit der Glut aus den Fenstern und zündeten eine zweite Zigarette an.

Juna hatte Lina verwirrt angeschaut und gefragt:

„Woher wusstest du das?"

Und alles, was diese dazu sagte, war:

„Ich habe es gesehen. Ich habe es in dem Moment gesehen,

als die Frau sich auf den Weg in den privaten Bereich machte."

Mehr sagte sie nicht dazu. Es schien für Lina selbstverständlich zu sein, Dinge zu wissen, die man eigentlich gar nicht hätte wissen können. Es schien für sie nichts Besonderes zu sein, so wie es für sie auch nicht erwähnenswert war, über ihren Beruf als 'Profilerin' zu sprechen.
Sie korrigierte einen dann auch immer sogleich und sagte, dass es nicht 'Profilerin', sondern 'Fallanalytikerin' heißen müsste.
Nur wenn man sie direkt befragte, gab sie Antwort, aber nur bruchstückhaft und kurz angebunden. Und dann wechselte sie immer schnell das Thema.

In Erinnerung an diesen Vorfall in der Grillstube gab Juna sich einen Ruck und entschloss sich spontan, ihrer Großmutter Fragen zu stellen. Es konnte ja nicht mehr lange dauern, bis sie mit dem Kaffee aus der Küche kommen würde.

„Schieb mal bitte die Bücher auf dem Tisch zur Seite. Dann kann ich die Tassen abstellen."
Der Duft von heißem Kaffee. Natürlich gab es Plätzchen dazu. Es waren genau die Plätzchen, die Junas Mutter Charlotte auch so gerne aß, Vanillekipferl. Meistens werden sie zu Weihnachten gebacken. Aber das interessierte Oma Lina nicht. Sie platzierte die Tassen, stellte die Schale mit den Plätzchen auf den Tisch und eine kleine Tüte mit Vanillekipferl direkt vor Juna.
„Die sind für Mama."
„Danke! Da freut sie sich."

Dann nahmen beide ein Plätzchen und tunkten es kurz in den
Kaffee.

„Oma, kann ich dich 'was fragen?"

„Natürlich", gab sie schmunzelnd zur Antwort.

„Erinnerst du dich an die Geschichte mit der Grillstube?"

„Aber ja doch! Wäre seltsam, wenn nicht."

„Erlebst du so etwas öfter?"

„Dass sich Leute in Grillstuben prügeln?"

„Mensch, Oma, du machst dich lustig über mich!"

Grinsend tunkte Lina erneut ein Vanillekipferl in die Tasse.

„Sorry. Was willst du denn hören?"

„Irgendwas halt. Du weißt schon."

„Wenn du mir versprichst, es für dich zu behalten..."

„Auch nichts Mama erzählen?"

„Von Mama abgesehen."

Juna nahm ihre Tasse in die Hand und setzte sich in den
Schneidersitz.

„Passiert dir so etwas eigentlich öfter?"

„Könnte man so sagen."

„Nun, erzähl doch mal! Ich bin ganz gespannt."

„Das bleibt aber unter uns, versprochen?"

„Ganz bestimmt! Versprochen!"

„Vor vielen Jahren, als ich gerade deine Mutter zur Welt
gebracht hatte...."

„Das ist eine Ewigkeit her, Oma."

„Ja. Da kannst du mal sehen, wie lange mich das schon
begleitet. Und noch viel länger. Jedenfalls lag ich noch im
Krankenhaus, in dem es nicht üblich war, dass Mutter und
Kind in einem Zimmer schliefen. Da wurde ich mitten in der
Nacht wach und hatte sofort folgendes Bild vor Augen: Ich
sah mein Baby, also deine Mutter, schreiend auf der
Wickelablage und mein kleines Mädchen schrie, weil sie

Hunger hatte.

Dieses Bild elektrisierte mich dermaßen, dass ich sofort meinen Bademantel anzog und schnell die zwei Stockwerke nach unten zur Kinderstation rannte.

Und was meinst du, was mich erwartete? Als ich die Tür zur Station öffnete, hörte ich genau ein einziges Baby schreien. Es war meine Charlotte. Die Nachtschwester schaute mich verwundert an und meinte nur, was denn das für ein Zufall sei, dass ich genau in dem Moment gekommen sei, in dem sie vorgehabt hatte, mir das Kind nach oben zum Stillen zu bringen. Ich nahm mein Baby in den Arm und fuhr mit dem Aufzug nach oben."

"Unglaublich! Wie machst du das?"

"Ich mache gar nichts. Es geschieht einfach."

"Ich möchte auch so etwas können. Wusste Opa eigentlich davon?"

"Ja. Aber ich habe selten darüber gesprochen."

"Warum denn?"

"Manche Dinge sollte man einfach für sich behalten."

Juna nahm ein Plätzchen und tunkte es in den Kaffee.

"Sollen wir jetzt vielleicht an der Stelle weitermachen, an der Schwester Sarah damals das Essen unter meinem Bett entdeckt hatte?"

"Gern."

"An dem besagten Abend aß ich das Brot ohne Belag. Es gab auch nichts anderes. Wahrscheinlich hatte ich Hunger. Wahrscheinlich hatte ich oft Hunger, denn ich erinnere mich gut, dass es hauptsächlich so ein Zeug gab, das ich nicht mochte. Leber zum Beispiel. Leber sowie alle Innereien verabscheue ich bis heute."

Wieder tunkte Juna ein Kipferl in den Kaffee und biss hinein.

Von oben drang Musik herunter und sie konnten Charlotte singen hören.

„Mama kocht wohl gerade. Manchmal singt sie dann dabei."

„Sie hat eine schöne Stimme."

„Ja, das stimmt. Aber wie ging es denn nun damals weiter an dem Abend?"

„Als sie weg war, spielte ich auf dem Fußboden mit meinen Matchboxautos."

„Was ist das denn?"

Auf ihrem Handy zeigte Lina ihrer Enkelin einige Fotos aus dem Internet.

„Ich erinnere mich sogar an manche der Autos."

Kapitel 14

Damals

Auf allen Vieren krabbelt Lina über den Fußboden und schiebt ein rotes Cabrio mit Fahrer vor sich her, lenkt es geschickt um die Tischbeine herum und parkt es unter dem Tisch an der Wand. Dort ist das Parkhaus. Geschwind holt sie aus der Spielzeugkiste neben ihrem Bett ein weiteres Auto, einen Krankenwagen. Er hat hinten eine Tür, die sich öffnen lässt. Darin befinden sich eine Liege und ein kleines Püppchen. Sie lehnt sich an die Wand, dreht den Krankenwagen in ihren Händen und schnuppert an der geöffneten Tür, als wolle sie herausfinden, ob es im Innenraum nach Desinfektionsmittel riecht. Schließlich fährt sie ihn ins Parkhaus. Wieder greift sie in die Kiste und holt diesmal einen blauen Sportwagen hervor. Sie stellt ihn auf den Boden und setzt den roten Wagen direkt daneben. Die Motoren heulen auf. Einer von beiden ist vielleicht schneller. Sie verpasst beiden einen heftigen Stoß und sie krachen zusammen.

Der Fahrer fliegt in hohem Bogen aus dem roten Cabrio. Das kleine Püppchen landet direkt vor dem Auto. Schnell eilt Lina mit dem Krankenwagen herbei. Der Verletzte liegt blutend auf der Straße und ist bewusstlos. Er muss sofort ins Krankenhaus. Sie legt ihn in den Krankenwagen und fährt zum Spital. Behutsam zieht sie ihn wieder heraus und legt ihn unter die Heizung. Mit einem Finger streicht sie vorsichtig über seine Wange. Er kommt zu Bewusstsein. Dann beugt sie sich zu ihm hinunter:

„Hier wird man dir helfen. Du wirst wieder gesund!
Du darfst die Hoffnung niemals aufgeben!"

Auf der Station ist es still geworden. Nur die Nachtschwester geht ab und zu am Fenster vorbei. Sie hat Linas Tür einen Spalt geöffnet. Lina sitzt aufrecht im Bett, mit dem Rücken am Fußende, schaut zum Flurfenster, an dem ihre Eltern heute nicht erschienen sind, und lauscht den Geräuschen der Nacht. Es sind deutlich weniger als tagsüber. Manche sind ganz verschwunden, wie das Rollen des Essenswagens, das Lachen oder Weinen der Kinder oder die Stimmen der Besucher. Diese Vermischung mehrerer Geräusche, die gleichzeitig die Station beherrschen, dieses Orchester aus verschiedenartigen Tönen, ist nicht vorhanden. Nachts treten die Geräusche einzeln auf, gut voneinander zu unterscheiden wie Instrumente, die nacheinander in eine Melodie einstimmen. Überwiegend ist es ruhig. Nur selten das Klingeln des Telefons im Dienstzimmer und die Stimme der Nachtschwester. Manchmal das Rufen eines Kindes oder das Rauschen der Toilettenspülung. Und manchmal die Schritte der Nachtschwester.

Lina kennt ihren Gang und weiß anhand der Lautstärke der sich nähernden Schritte, wie viele Sekunden es dauert, bis sie an ihrem Zimmer angelangt ist.

Fünf, vier, drei, zwei, eins und schon wird die Tür weit geöffnet und sie kommt herein, sieht Lina auf dem Bett sitzen und setzt sich zu ihr.

„Willst du nicht endlich schlafen, Lina?"

„Ich kann nicht."

„Warum denn?"

„Ich habe Hunger."

„Es gab doch Abendessen. Bist du nicht satt geworden?"

„Ich mochte es nicht."

„Was gab es denn?"

„Brot mit Salami."

„Das ist doch lecker."

„Nein, ist es nicht. Ich mag keine Wurst. Ich mag Käse."

„Den darfst du aber nicht haben."

„Warum?"

„Ach, Lina, so genau weiß ich das gar nicht."

„Alles was ich mag, bekomme ich nicht. Und was ich nicht mag, soll ich essen. Hast du irgendetwas Leckeres für mich?"

„Ich darf dir nichts geben. Sonst würde ich es tun. Es ist zu gefährlich. Doktor Greifer will nichts riskieren."

„Was heißt das?"

„Solange man nicht genau weiß, was deine Krankheit verursacht hat, versucht man, dich vor allem zu beschützen."

„Das verstehe ich nicht. Was hat denn Käse damit zu tun?"

„Das weiß ich nicht."

„Weiß es denn der Doktor?"

„Ich bin mir nicht sicher. Aber nun genug der Fragerei! Jetzt musst du schlafen, Lina! Komm, leg dich hin! Ich decke dich zu."

Kaum hat die Nachtschwester den Raum verlassen, steht Lina auf, nimmt ihr Fernglas und setzt sich auf die Fensterbank. Pan Tau ist zu Hause und er hat Besuch von einer jungen Frau. Sie ist pummelig und hat kurzes, blondes Haar.

Sein Haar ist braun. Eine Strähne fällt ihm ins Gesicht. Er trägt ein weißes Hemd, darüber eine Weste. Sie sitzen am Tisch, löffeln Suppe und essen ein Brötchen dazu. Sie sprechen miteinander und schauen sich an. Eine ruhige Unterhaltung. Keine heftigen, zackigen Gesten, nur fließende, langsame Bewegungen. Die Gesichter sind weich so wie das Gesicht von Mama, wenn sie ganz lieb zu mir spricht, geht es Lina durch den Sinn. Pan Tau gießt der Frau Sprudel ins Glas. Sie nickt. Wahrscheinlich bedeutet das Dankeschön. Warum sind sie noch wach? Es ist doch mitten in der Nacht. Oder etwa nicht? Wie spät mag es sein?

Plötzlich steht die Frau auf, nimmt die Teller, stellt sie zusammen und verlässt den Raum. Wahrscheinlich bringt sie die Teller in die Küche. Pan Tau aber geht ans Fenster, öffnet es und legt von innen ein Kissen auf die Fensterbank. Der eine Arm liegt längs auf dem Kissen. Den anderen Arm hält er senkrecht, zwischen Zeigefinger und Mittelfinger eine Zigarette. Eine Flamme zuckt auf und kurz darauf sieht Lina die Glut am Ende der Zigarette.

Woran mag er denken? Ich glaube nicht, dass er mich sieht. Ob er böse wäre, wenn er wüsste, dass ich ihm zuschaue? Nun kommt die Frau zu ihm, umarmt ihn von hinten und schaut über seine Schulter. Er wendet sich ihr zu und küsst sie auf die Wange. Sie spricht ihm etwas ins Ohr.

Ein Lächeln huscht über sein Gesicht. Er drückt die Zigarette auf dem Fenstersims aus, schippst sie nach draußen und schließt das Fenster. Dann knipst er das Licht aus.

Lina rutscht von der Fensterbank, lässt das Fernglas an Ort und Stelle und legt sich ins Bett. Sie nimmt ihre Taschenlampe und leuchtet zur Tafel.

Hoffnung steht darauf, genau in der Mitte.

Endlich schläft sie ein.

Kapitel 15

Damals

Sie erwacht mit dem Gefühl, dass jemand ihre Hand hält. Da ist ein leichter Druck an ihrem Handgelenk. Müde öffnet sie ihre Augen und schaut in ein freundliches Gesicht.

„Guten Morgen, meine Kleine."

Leise murmelnd erwidert sie Doktor Greifers Gruß.

Stumm schaut sie auf seine Hand, die größer und kräftiger ist als die Hände der Krankenschwestern. Und auf dem Handrücken entdeckt sie einzelne, dunkle Haare.

„Du wolltest doch gestern mit mir spielen."

„Ich habe es leider nicht geschafft. Das tut mir leid."

Er macht eine kurze Notiz ins Krankenblatt und überfliegt schnell die Aufzeichnungen vom Vortag. Lina bemerkt sein Stirnrunzeln. Irgendetwas gefällt ihm nicht, geht es ihr durch den Kopf.

„Heute habe ich mehr Zeit und wir können zusammen spielen."

„Versprochen?"

„Versprochen!"

Doch Unbehagen breitet sich in ihm aus. Er denkt daran, wie schnell etwas am Tag dazwischen kommen kann, eine Krise zum Beispiel, ein unerwarteter Neuzugang oder eine Krankenschwester, die ihn in ein Gespräch verstrickt.

„Schwester Sarah hat hier aufgeschrieben, dass du gestern über den Flur gelaufen bist. Du hast vor dem Fenster von Winfried gestanden."

Lina antwortet nicht.

„Du würdest bestimmt gern mit anderen Kindern zusammen sein."

Noch immer keine Antwort. Sie schaut nur starr zur Decke, doch der leise Seufzer entgeht ihm nicht.

Sekunden verstreichen, in denen er überlegt, ob es möglich sei, dass sie und Winfried sich sehen können. Er ist genauso isoliert wie sie, abgesehen davon, dass seine Mutter zu ihm hinein geht.

Lina versucht, die Stille zu lesen, aus ihr etwas heraus zu hören, zu erahnen, worüber er nachdenkt. Schließlich schaut sie zu ihm. Er bemerkt es nicht sogleich, da er zum Fenster sieht.

Zwischen seinen Augenbrauen bildet sich eine tiefe Falte. Ihm ist bewusst, dass es immer sowohl richtig als auch falsch sein würde, ganz gleich, wofür er sich entscheiden würde.

Seit Wochen ist Lina völlig isoliert, der Junge fast genauso. Ist es möglich, die beiden Kinder zueinander zu lassen?

Doch sofort weiß er, dass dies eine Gefahr für beide wäre.

Aber was tun wir ihren Seelen an?

Doch das Risiko einer Infektion ist zu groß.

Schließlich fällt ihm ein Kompromiss ein.

„Ich habe eine Idee für dich."

Erst jetzt bemerkt er, dass Lina ihn beobachtet.

„Ja?"

Mit seinem Zeigefinger stupst er auf ihre Nasenspitze.

„Vielleicht gefällt dir die Idee. Ich hoffe es zumindest. Neben Winfried ist ein Zimmer frei geworden. Und in der Wand, die die beiden Zimmer trennt, ist ein großes Fenster eingelassen. Ihr beide könnt euch dann sehen. Was hältst du davon? Dann hast du etwas Abwechslung. Sollen wir das so machen?"

Lina nickt und schenkt ihm ein Lächeln. Sie schiebt die Bettdecke zur Seite und setzt sich auf. Er sieht, wie sie vor Freude ihre Füße aneinander reibt, ist sich aber nicht sicher, ob es wirklich Freude ist oder ob die Haut brennt, vielleicht juckt oder ob es einfach eine Art der Stimulation ist, hervorgerufen durch die wochenlange triste Monotonie und Reizarmut.

Immerhin ist sie etwas in Bewegung gekommen und hat sich aufgesetzt. Behutsam streicht er ihr über den Kopf. Vereinzelt lösen sich Haare und haften an seinen Fingern.

„Die Nachtschwester hat übrigens auch etwas über dich geschrieben. Du bist wieder sehr lange wach gewesen."

„Ich kann nicht schlafen."

„Warum eigentlich?"

„Ich hatte Hunger."

„Warum hattest du Hunger? Wirst du nicht satt?"

„Das Essen ist ekelig. Mir wird schlecht davon. Ich möchte mal wieder Brot mit Käse und Kakao."

„Ich weiß. Das geht zur Zeit nicht. Aber vielleicht können wir dir einen Kakao aus Wasser zubereiten, also ohne Milch."

„Das schmeckt doch nicht!"

Auch wieder wahr, denkt er.

„Gibt es noch andere Gründe, warum du nicht gut schlafen kannst?"

„Ja", flüstert Lina.

Die Tür geht auf und Schwester Sarah schaut herein mit einem Tablett in der Hand. Wortlos zeigt Dr. Greifer zum Tisch, eine stumme Bitte, das Frühstück dort abzustellen und wieder zu gehen.

Lina kaut auf der Unterlippe.

„Du bist nachts oft sehr lange wach."

„Ich habe Hunger."

„Na, dann komm! Wir setzen uns zusammen an den Tisch und frühstücken."

Er zieht ihr weiche, kurze Socken an und hebt sie vom Bett. Als sie vor ihm steht, legt er ein wärmendes Tuch über ihre Schultern und sie setzen sich an den Tisch. Weißbrot und Erdbeermarmelade ohne Butter. Dazu Kamillentee mit etwas Zucker und ein Glas Möhrensaft.

Doktor Greifer bestreicht das Brot und schiebt ihr dann den Teller zu.

Lina denkt an zu Hause. An den Wochenenden, wenn Vater nicht zur Arbeit musste, haben sie beim Frühstück immer lange zusammen gesessen. Tauchei mochten sie und ihr Bruder Dilan besonders gern. Dafür musste das Eigelb flüssig sein und sie tauchten schmale Brotstreifen hinein. Wenn man vorsichtig genug war, gelang es, das Brot zu tunken, ohne dass flüssiges Eigelb herausquoll und an der Schale entlang floss.

Im Krankenhaus gibt es kein Ei zum Frühstück, auch keinen Kakao, Quark oder Käse.

Lina nimmt das Weißbrot vom Teller und beißt hinein. Ihr Magen knurrt. Sie weiß, dass sie nicht satt werden wird.

Dr. Greifer unternimmt einen weiteren Versuch, herauszufinden, warum das Mädchen nachts so wenig schläft. Ist es vielleicht ein Symptom, das zum Krankheitsgeschehen gehört?

„Schmeckt es dir?"

„Ja. Ich mag Erdbeermarmelade."

„Ich muss dich noch einmal auf deine wachen Nächte ansprechen."

Sie nimmt einen weiteren großen Bissen, bekommt dabei kaum den Mund zu. Er wartet, bis sie geschluckt hat.

„Was meinst du, warum du nachts so lange wach bist?"

„Ich muss nachts aufpassen."

Verdutzt beugt er sich nach vorn, als habe er nicht richtig verstanden und müsse sich näher an sie heran begeben, um sie besser zu hören. Sie kann die Fältchen in seinen Augenwinkeln sehen.

„Worauf musst du denn aufpassen?"

Lina schaut zu dem Möhrensaft und überlegt, wie sie es schafft, ihn nicht trinken zu müssen.

„Ich muss auf die Bakterien aufpassen."

„Was?! Worauf musst du aufpassen?"

„Auf die bösen Bakterien, die winzigen, unsichtbaren kleinen Tierchen."

Lina gestikuliert derart lebhaft mit ihren Händen, dass sie dem Glas mit dem Möhrensaft einen Schubs versetzt, doch Doktor Greifer schafft es gerade noch, das Glas festzuhalten.

„Du musst sie doch kennen, diese Ungeheuer. Du bist doch Arzt!"

„Wie kommst du denn auf so etwas? Wo hast du das her?"

„Das hat Schwester Sarah erzählt. Nachts, wenn ich schlafe, kommen die Bakterien und fressen sich durch meinen Körper. Sie werden mich töten. Darum muss ich versuchen, so lange wie möglich wach zu bleiben. Dann haben sie nicht so viel Zeit, mich aufzufressen. Am besten ist es, wenn ich die ganze Nacht gar nicht schlafe."

„Du meine Güte! Um Gottes Willen! Was ist das denn für eine Geschichte!"

Fassungslos steht er auf und läuft im Zimmer auf und ab.

Verunsichert folgt Lina ihm mit ihren Blicken, bevor er sich wieder zu ihr setzt.

„Hör mal zu Lina, Schwester Sarah hat da wohl etwas falsch verstanden und dir etwas erklärt, was nicht stimmt. Ich werde nachher mit ihr reden."

Er versucht, ganz ruhig zu sprechen, doch Lina fühlt seine Wut.

„Nachher ist sie böse auf mich."

„Dazu hat sie kein Recht."

Lina schaut zu Boden und flüstert, ohne ihn dabei anzusehen.

„Musst du wirklich mit Schwester Sarah darüber sprechen? Meistens halte ich nachts sehr lange aus und schaffe das. Wenn ich am Fenster sitze und Pan Tau zuschaue oder mir Geschichten ausdenke, dann halte ich lange durch. Ich habe nur Angst, dass ich irgendwann zu früh einschlafe. Vielleicht aber kommen die Bakterien ja nicht die ganze Nacht. Vielleicht kommen sie nur zu einer bestimmten Uhrzeit. Du siehst ja, es ist mir bisher gelungen. Sie haben mich nicht gefressen."

Sprachlos betrachtet er die Vierjährige.

Mit einer Hand wischt er eine Haarsträhne aus seinem Gesicht und steckt sie hinters Ohr. Ein unglaublich tiefes, schmerzhaftes Gefühl ergreift Besitz von ihm.

In schneller Abfolge jagen Gedanken durch seinen Kopf, all die Stunden, in denen er bereits über Linas Akte saß, die mehr Fragen als Antworten beinhaltet. Und nun dieser Dialog mit der Kleinen, ihre Gedankengänge, ihre tapferen Bemühungen, sich zu wehren gegen eine unsichtbare Macht, die nachts über sie herfällt, heimtückisch und hinterhältig.

Ja, er würde sich Schwester Sarah vornehmen und sie würde nichts zu lachen haben!

„Lina, ich werde dafür sorgen, dass Schwester Sarah nicht böse mit dir ist. Versprochen!"

„Bestimmt?"

„Ganz bestimmt! Und nun musst du mir ganz genau zuhören.

Diese Bakterien, vor denen du solche Angst hast, die werden dich nicht in der Nacht überfallen und auffressen."

„Wirklich nicht?"

„Wirklich! Denn nachts schlafen die Bakterien doch."

Kapitel 16

Frühjahr 2020

Juna war mucksmäuschenstill. Selbst die Atmung hatte sie auf das Mindeste beschränkt. Sie griff nicht nach den Plätzchen, auch nicht nach ihrer Tasse. Der Kaffee dampfte nicht mehr.

„Juna, weißt du, was ich erst nach Jahren verstanden habe? Nein, wie solltest du! Manche Sätze habe ich Wort für Wort in meinem Gedächtnis behalten, als habe ich sie schon als Kind archiviert, aufgeschrieben auf imaginäre Karteikarten und sorgfältig einsortiert, um sie immer wieder einmal in Erinnerung rufen zu können.

Nachts schlafen die Bakterien doch.

Diesen Satz habe ich nie vergessen.
Als Kind konnte ich es nicht wissen, doch heute bin ich mir ziemlich sicher, dass Doktor Greifer auf eine Kurzgeschichte von Wolfgang Borchert anspielte mit folgendem Titel:

Nachts schlafen die Ratten doch.

Kennst du die Geschichte?"
„Nein."
„Es geht um einen neunjährigen Jungen namens Jürgen, der nach einem Bombenangriff in den Trümmern des Hauses sitzt, in dem sein vierjähriger Bruder begraben liegt. Sein Lehrer hatte erklärt, dass die Ratten nachts von Toten

fressen. Um dies zu verhindern, sitzt der Junge dort und hält Wache, auch nachts, damit sein Bruder nicht gefressen wird. Dann taucht ein älterer Mann mit einem Korb auf, in dem sich Kaninchenfutter befindet und er fragt den Jungen, ob er mitkommen wolle, sich Kaninchen anzuschauen. Doch der Junge lehnt ab, weil er auf den Bruder aufpassen möchte. Da gibt der Mann dem Jungen zu verstehen, dass die Ratten nachts schlafen. Er gehe nur schnell seine Kaninchen füttern und könne dem Jungen ein kleines Kaninchen mitbringen, wenn er wolle. Jürgen willigt schließlich ein und der Mann verspricht, ihn bei Sonnenuntergang abzuholen und ihn nach Hause zu bringen, denn er müsse ja seinem Vater zeigen, wie man einen Kaninchenstall baue.

Doktor Greifer wird diese Geschichte gekannt haben. Es ist merkwürdig. Ich kann dir nicht genau sagen, was es mit mir gemacht hat, als ich zu dieser Erkenntnis gelangt bin. Es war, als habe er ein weiteres Mal zu mir gesprochen, als sei er durch diese Geschichte in die Gegenwart gelangt. Ich glaube, er weiß nicht, welch große Bedeutung er für mich hatte in diesem kleinen Zimmer ohne Ausweg.
Liebe Juna, sei dir immer bewusst, welch weitreichende Auswirkungen Worte haben können!
Jedenfalls konnte ich nach dem Gespräch mit ihm nachts besser einschlafen, denn ich glaubte daran, dass Bakterien nachts schlafen."
„Und was passierte mit Schwester Sarah? Hat sie Ärger bekommen?"
„Vermutlich. Als er nach unserem gemeinsamen Frühstück ins Schwesternzimmer ging, sah ich, dass er die Türe schloss. Anschließend wurde es sehr laut. Er brüllte richtig. Wenig später rannte Schwester Sarah aus dem Zimmer. Sie

*tat mir leid. Aber ich hatte dann auch Angst vor ihr, Angst,
dass sie wütend auf mich sein würde."*

„Und war sie es?"

*„Sie sprach seitdem nur sehr wenig. Kurze Sätze, abgehackt,
Stakkato. Aufforderungen, Verbote. Zieh dich aus! Sei still!
Kratz nicht! Iss auf! Manchmal schlug sie schnell und
treffsicher mit einem Kamm auf meine Finger, wenn ich
wieder irgendwo kratzte. Ich weiß noch immer, wie er
aussah. Lindgrün war er und es war kein Stielkamm. Auf
den Waschlappen, mit denen sie mich wusch, waren große
Rosen, rot und orange. Ich stand einfach nur da und ließ es
geschehen. Weißt du was, ich hole uns jetzt ein Gläschen
Wein. Hast du Lust?"*

„Gern! Aber bitte nicht so einen trockenen."

„Lambrusco muss es aber nicht sein, oder?"

*Lachend ging sie in die Küche und kam schmunzelnd mit
einem Cidre zurück.*

*„Ich will ja nicht deine Mutter verärgern. Vermutlich hat sie
gegen Cidre nichts einzuwenden", gab sie zu bedenken und
zwinkerte ihrer Enkelin zu.*

*„Gegen ein Gläschen Wein würde sie auch nichts sagen.
Oben trinken wir zu Pizza schon mal ein Glas Rotwein."*

*Lina goss den Cidre in zwei schlichte Wassergläser aus
dünnem Glas, die sofort beschlugen. Kleine Bläschen
sprudelten an der Oberfläche.*

„Wie geht es eigentlich deiner Mutter?"

*„Ganz okay, glaube ich", antwortete Juna nach kurzem
Zögern.*

Sie nahm einen Schluck Cidre.

„Schmeckt gut."

„Und Papa, wie geht es ihm?"

„Auch okay."

„Du bist ja richtig redselig."

„Hast du auch Chips?"

„Ja, sind vorhanden. Im Schrank in meinem Arbeitszimmer findest du eine Tüte. Daneben steht eine kleine Schüssel."

Das Arbeitszimmer war für Juna ein höchst interessanter Ort. Wenn man den Raum betrat, hatte man den Eindruck, in eine besondere Welt zu gelangen, eine beseelte Welt der Inspiration.

Direkt am Fenster befand sich ein großer Schreibtisch, im rechten Winkel dazu ein alter Sekretär mit mehreren Fächern und Schubladen. Auf dem Schreibtisch lagen einige Notizbücher. Sie hatten etwas Geheimnisvolles an sich. Der Einband, aus festem Material, war überzogen mit dunkelgrünem Leder. Daneben Kugelschreiber und Stifte aus edlen Hölzern und ein Etui aus rotem Samt, in dem die Großmutter ihren schwarzen Montblanc aufbewahrte, der dunkel-lila schimmerte, wenn man ihn unter die Schreibtischlampe hielt. Sie nahm einen Gelroller aus lackiertem Birkenholz in die Hand und öffnete die goldene Kappe. Ein faszinierendes Schmuckstück, ganz anders als die schlichten, funktionalen und praktischen Stifte aus dem Schreibwarenhandel. Gern hätte Juna auch einen so besonderen Stift, ein Unikat, nur für sie.

Ohne sich etwas dabei zu denken, nicht aus Neugier, sondern beiläufig, wie selbstverständlich, weil die Atmosphäre in diesem Raum dazu einlud, öffnete sie ein Notizbuch.

Auf der ersten Seite standen drei Wörter, mit großen Buchstaben geschrieben.

Zeitpunkt, Geschwindigkeit und Dosierung

Was hatte das zu bedeuten? Ob sie ihre Großmutter fragen könnte? Aber damit hätte sie sich verraten. Was blätterte sie denn auch in fremden Aufzeichnungen?

Sie legte den Gelroller an seinen Platz zurück und schaute aus dem Fenster in den Garten. Dabei fielen ihr die vielen Fotos auf der Fensterbank auf. Sie traute sich aber nicht, sie genauer anzusehen, wagte nur einen flüchtigen Blick. Das einzige, was sie erkennen konnte, war, dass eine Person darauf abgebildet war, die einen dunklen Hoodie trug, die Kapuze auf dem Kopf. Sie stand vor irgendeiner Haustür und klingelte. Auf dem Bild daneben sah man, wie ein Mädchen die Tür geöffnet hatte.

Juna fragte sich, wen ihre Großmutter da beobachtete.

Wenn sie doch nur mal von ihrer Arbeit berichten würde, wenigstens ein bisschen! Vielleicht könnte ich ihr sogar behilflich sein, ging es Juna durch den Sinn.

'Zu gefährlich, zu gefährlich' würde sie zur Antwort bekommen oder 'streng vertraulich'.

Als sie endlich die Tüte Chips sowie die Schüssel aus dem Schrank genommen hatte, sah sie plötzlich ihre Großmutter in der Tür.

„Na, wo bleibst du denn? Ich habe mich schon gefragt, was du machst."

„Du hast so tolle Stifte. Ich musste sie mir einfach anschauen."

„Komm, lass uns rüber gehen und dann erzählst du mir, was du mir vorhin verschweigen wolltest."

Sie legte eine Hand auf Junas Schulter und zwinkerte ihr zu.

„Woher weißt du das?"

„Ach, mein Mädchen! Du kennst mich doch."

Im Wohnzimmer setzten sie sich aufs Sofa. Juna füllte die Chips in die Schüssel und langte sofort hinein.

„Hm, immer wieder lecker!"

„Ab und zu esse ich sie auch ganz gern. Und nun zu dir!"

Lina tippte mit ihrem Zeigefinger auf Junas Arm.

„Da gibt es eigentlich nicht viel zu erzählen. Schule, Corona, keine Freunde mehr treffen, digitaler Unterricht."

„Sonst nichts? Das hört sich ziemlich langweilig an."

Nachdenklich schaute sie ihre Enkelin an und hob die Augenbrauen.

„Was möchtest du denn hören? Die Chips sind wirklich zu lecker. Da kann man ja gar nicht mehr aufhören."

„Erzähl mir doch mal von dem Jungen, der sich abends zu dir hinschleicht, als wolle er nicht gesehen werden."

„Ach, ist nur ein Schulkollege. Nichts Wichtiges."

Der Nachmittag war weit vorangeschritten. Die Sonne schien jetzt direkt durchs Fenster. Westen. Noch heizte sie das Wohnzimmer nicht so stark auf, doch das Licht blendete. Lina ließ den Rollladen ein Stück herunter.

„Wenn es nicht so wichtig ist, warum kommt er immer dann, wenn deine Eltern außer Haus sind?"

Stille. Nur das Zerkauen der Chips war zu hören.

„Wie kommst du denn darauf? Hast du Kameras angebracht?"

Juna lachte laut, verschluckte sich an einem Krümel.

„Moment, ich muss mal eben einen Schluck trinken."

Sie setzte das Glas an und trank es halbleer.

„Nun, wie ich darauf komme? Ist mir halt aufgefallen."

Grinsend griff sie in die Chips und schaute ihre Enkelin bedeutungsvoll an. Es war etwas Wissendes in ihrem Blick.

„Na gut, Oma, du hast gewonnen! Der Junge ist eigentlich kein Junge, sondern ein junger Mann. Ich habe ihn im Kino kennengelernt. Es war die Zeit vor der Zeit, also, ich meine, die Zeit vor Schutzmasken und Desinfektionsspray."

„Wie alt ist er?"

„Ach, ist nicht so wichtig."

„Schon wieder etwas, das nicht so wichtig ist. Interessant. Und du willst mir sagen, dass er dein Schulkollege ist? Na, dann muss er aber oft sitzen geblieben sein. Denn du sagst ja, dass er ein Mann ist und kein Junge. Warum lässt du ihn kommen?"

Juna seufzte und goss sich noch etwas Cidre ein.

„Tut mir leid! Du hast Recht. Er ist kein Schulkollege. Du würdest es eh herausfinden. Er ist dreißig Jahre alt."

Lina nahm einen Schluck Cidre und schaute ihre Enkelin intensiv über den Glasrand hinweg an.

„Was will er von dir?"

„Oma! Ich bin kein Kind mehr!"

„Stimmt. Eben deswegen! Und was willst du von ihm? Was willst du von so einem alten Hasen?"

„Alter Hase? Oma, du bist lustig! Im Vergleich zu dir ist er ein Küken. Sag bitte nichts Mama und Papa! Bitte!"

Da lag ein Flehen in der Stimme. Lina war sofort bewusst, schon bei den ersten Malen, als sie ihn aus dem Fenster heraus gesehen hatte, dass Junas Eltern davon nichts erfahren sollten. Und auf Anhieb hatte sie ihm misstraut.

Meistens haben Kinder irgendwelche Geheimnisse vor ihren Eltern und manchmal wissen Großeltern mehr als die Eltern.

„Wie heißt er denn eigentlich?"

„Hanno."

„Und weiter?"

„Hanno Fischer."

„Und was macht Hanno Fischer so in seinem Leben?"

„Meine Güte, du hörst dich jetzt an wie Mama! Sie würde auch solche Fragen stellen."

„Sorry, tut mir leid. Ich mache mir nur Sorgen. Weißt du, eigentlich will ich nur sichergehen, dass er dich nicht ausnutzt oder sonst etwas mit dir anstellt."

„Oma, nimm noch einen Schluck Cidre! Entspann dich! Es sind nicht gleich alle Menschen Verbrecher, die irgendwie aus dem Rahmen fallen."

„Aha, dir ist also etwas aufgefallen, was aus dem Rahmen fällt, was irgendwie nicht so ganz normal ist."

Juna nickte.

„Seltsam ist es schon, dass er sich in seinem Alter für mich interessiert."

„Stimmt. Was will er von einem Teenager? Wenn ich wüsste, dass er dir gut tut, dann wäre ich wenigstens ein bisschen beruhigt."

„Ob er mir gut tut", wiederholte Juna. Ihr Blick wanderte durchs Zimmer und blieb an einem Foto haften, das ihre Großmutter und ihren Großvater zeigte. Lina folgte dem Blick ihrer Enkelin und verweilte ebenso bei dem Bild. Es war in ihrem letzten gemeinsamen Urlaub entstanden, Juli 2018. Es war ein heißer Sommer gewesen. Juna erinnerte sich daran, dass ihre Großeltern in Bodenmais gewesen waren im Bayrischen Wald. Sie hatten ihr über WhatsApp mehrere Fotos geschickt. Frühstück auf dem Balkon der Ferienwohnung, ein Korb mit Brötchen, eine Karaffe Orangensaft und am seitlichen Bildrand der Wald. Großvater mit Wanderschuhen, kurzer Hose, Hut und Wanderstock. Großmutter im Café, auf dem Tisch ein großer Eisbecher mit Erdbeeren und Sahne.

Plötzlich war es sehr still im Raum. Juna schaute zu ihrer Großmutter.

„Das Bild ist am Gipfelkreuz des Hochstein entstanden, in 1134 Metern Höhe, kurz bevor es passierte."

Juna schwieg.

„Adrian fasste sich an die Brust und taumelte. Es war ein Herzinfarkt, ganz bestimmt. Er ließ das Kreuz los und verlor das Gleichgewicht. Sein letzter Schritt, rückwärts, zu groß! Er stürzte in den Tod. Warum hat er sich nicht einfach hingesetzt? Warum hat er sich nicht gesetzt und gegen das Kreuz gelehnt?"

„Oma, du musst nicht weitererzählen, wenn du nicht möchtest."

„Doch, ich möchte. Es ist okay. Weißt du, ich habe schon lange gewusst, dass er krank war, doch weder er noch sein damaliger Arzt nahmen meine Befürchtungen ernst. Er zählte Adrian zwar seine Risikofaktoren auf, aber entschied nur, dass man abwarten sollte. Und dein Opa hatte fünf Risikofaktoren für einen Herzinfarkt:

Hypertonie, Hypercholesterinämie, Stress, Nikotinabusus und Bewegungsmangel!

Er hätte zum Kardiologen gemusst. Seit Monaten hatte er jede Nacht im Schlaf gehustet und zwar nur nachts, ohne dass er eine Erkältung hatte. Herzasthma. Er zitterte wie jemand, den man erdrosselt. Und immer wieder wälzte er sich nachts im Schlaf, als kämpfte er mit einem Löwen. Meine Hinweise wurden von seinem Arzt bagatellisiert. Was ich sagte, wurde einfach abgetan. Eine Bypass-Operation hätte ihm wahrscheinlich das Leben gerettet."

Linas Augen wurden feucht. Sie schaute ins Leere. Doch dann streckte sie sich, holte einmal tief Luft und sagte:

„Ich könnte jetzt eine Zigarette gebrauchen. Komm, Juna, lass uns nach draußen gehen und dann reden wir weiter über Hanno!"

So war sie. Sie richtete sich auf und ging weiter, als sei nichts gewesen. Dass da doch irgendetwas war, konnte man in ihren Augen lesen.

Die Luft war mild. Schweigend saßen sie nebeneinander, rauchten und bliesen Kringel in die Luft, die der Wind davontrug.

„Woran kann ich denn feststellen, ob Hanno mir gut tut?"
Lina drückte die Zigarette im Aschenbecher aus.
„Diese Frage solltest du dir bei jedem Menschen stellen. Achte darauf, wie du dich in seiner Gegenwart fühlst und auch darauf, welches Gefühl er hinterlässt, wenn er fort ist."
Nachdenklich griff Juna in die Chips. Leises Rascheln. Sie stopfte sich eine Handvoll in den Mund und schmatzte. Völlig untypisch für sie. Fehlt nur noch, dass sie rülpst, überlegte Lina. Sie ahnte, dass Juna sich mit Hanno nicht wohlfühlte, dass sie sich im Gegenteil wünschte, ihn los zu werden. Jemanden zu verekeln, wäre eine wirksame Strategie.
„Manchmal fühle ich mich so komisch, wenn er da ist und auch, wenn er wieder geht. Ich kann das nicht genau beschreiben. Auf der einen Seite freue ich mich, wenn er kommt, auf der anderen Seite bin ich froh, wenn er sich mal nicht meldet. Ständig schreibt er über WhatsApp und will wissen, was ich mache. Wir kennen uns erst seit ein paar Wochen, aber er hat schon nach der zweiten Woche gefragt, ob wir zusammen ein Wochenende in Holland verbringen können. Das würde Mama auf keinen Fall erlauben. Diesmal wäre ich sogar froh darüber, wenn sie es verbietet. Als er mein Zögern bemerkte, meinte er, ich könne ja auch erst einmal bei ihm übernachten. Er habe ein nettes Domizil.
Er ist so, wie soll ich sagen, er ist so unglaublich schnell in allem. Ja, ich glaube, ich fühle mich überflutet und weiß

nicht, wie ich damit umgehen soll. "

„Was meint er denn mit 'Domizil'? Merkwürdige Bezeichnung. "

„Weiß ich nicht. "

„Meint er seine Wohnung? "

„Nein, seine Wohnung meint er nicht. Das sogenannte Domizil ist irgendwo anders. Wenn er dorthin fährt, sagt er immer, er fahre jetzt in den 'Busch'. Wenn ich dann frage, wo das denn sein soll, antwortet er, ich müsse einfach mitkommen, dann würde ich sehen, wo es ist und wie schön es dort sei. "

„Im 'Busch'? Der raucht doch irgendwas... "

„Ja, wenn ich's doch sage. Er spricht immer vom 'Busch'. "

„Meint er vielleicht den Sterkrader Wald oder einen anderen Wald in der Gegend? "

„Oma, ich habe keine Ahnung. Ich kann dir nur sagen, dass er immer vom 'Busch' spricht. "

„Und was sollst du da? "

„Ihn besuchen und übernachten. "

„Im 'Busch' übernachten? Der hat sie doch nicht mehr alle auf der Latte! Und warum nicht in seiner Wohnung? Ist da nicht aufgeräumt? "

Lina konnte sich ein Lachen nicht verkneifen.

„Keine Ahnung. Kann aber schon möglich sein. In seinem Auto könnte auch mal aufgeräumt werden. Die Rückbank sieht aus wie eine Müllhalde, ebenso der Fußraum hinten, und die Türfächer sind vollgestopft. Als wir an der Tankstelle waren und er zur Kasse ging, habe ich in die Fächer geschaut. Was da alles drin war! Nicht nur eine Parkscheibe und ein kleiner Regenschirm, sondern auch benutzte Tempotücher, Kondome, klebrige Bonbons, ein String-Tanga und ein Tütchen mit Traubenzucker. "

„*Traubenzucker?*"

„*Ja.*"

„*Beschreib mal!*"

„*Wie Traubenzucker halt aussieht. Ein weißes Pulver in einem kleinen Tütchen.*"

„*Hast du daran gerochen oder etwas probiert?*"

„*Igitt! Oma, was glaubst du!*"

„*Hätte ja sein können.*"

„*Nein! Niemals.*"

Lina nahm die Hand ihrer Enkelin in beide Hände, so wie sie es immer schon getan hatte, wenn sie ihr etwas Wichtiges sagen wollte.

„*Ein dreißigjähriger Mann, der immer dann zu dir kommt, wenn deine Eltern nicht im Haus sind.... Also hör mal.... Überleg mal selbst. Da stimmt doch etwas nicht.*"

Juna seufzte.

„*Er wollte auch nicht, dass du ihn kennenlernst. Ich hätte ihn dir gerne einmal vorgestellt.*"

„*Das wundert mich jetzt gar nicht. Also, was ist bisher geschehen?*"

„*Aber sag es nicht Mama und Papa!*"

„*Versprochen. Aber nur, wenn es wirklich nichts gibt, was sie wissen müssten.*"

„*Es ist nicht passiert, was du vielleicht denkst. Wir haben uns nur geküsst. Nicht mehr. Er wollte Fotos von mir machen. Das habe ich nicht erlaubt. Aber er hat mich immer wieder gedrängt. Und ich habe ihm etwas Geld geliehen, nicht viel. Zwanzig Euro. Er sagte, er habe seine Geldbörse verloren.*"

„*Ach, so einer ist das!*", *entfuhr es Lina und schlug mit der Faust auf den Tisch. Juna erschrak.*

„*Bitte, beende das sofort! Er ist Gift! Ich werde dir nun drei wichtige Kriterien nennen, anhand derer du ab jetzt Beziehungen beurteilst. Merke sie dir gut!*

Zeitpunkt, Geschwindigkeit und Dosierung.

Am besten schreibst du sie dir auf!"
Das waren doch die Worte aus dem Notizbuch! Worüber hatte ihre Großmutter nachgedacht? Und jetzt, wenn Juna darüber nachdachte, wurde ihr bewusst, dass die Person auf den Fotos, die auf Linas Fensterbank lagen, Hanno war. Offensichtlich wurde er schon länger beschattet.

„Ich will dir erklären, was es mit den drei Begriffen auf sich hat. Beziehungen brauchen Zeit, um sich zu entwickeln. Vertrauen, Geborgenheit und Hingabe brauchen Zeit. Hanno kam in der Überdosierung und mit enormer Geschwindigkeit daher. Viel zu viele WhatsApp-Nachrichten und das Drängen, schnell in Urlaub zu fahren, bedeuten, dass er nur sich selbst im Blick hat und dir die Möglichkeit nehmen will, in Ruhe nachzufühlen und zu überlegen, was du selbst willst. Er kann nicht warten, ist ungeduldig, vielleicht impulsiv. Und der Zeitpunkt, ab wann bestimmte Dinge für dich in einer Beziehung möglich sind, ist auch unglaublich wichtig. Hüte dich vor Männern, die schon am Anfang ihre Zahnbürste in dein Badezimmer stellen wollen. Sie werden dich in Beschlag nehmen und dich einengen. Und was Hanno anbelangt, hat er eine ganz üble Masche drauf. Er will Geld von dir. Überleg' mal! Ein erwachsener Mann will Geld von einer Jugendlichen. Das ist schon schräg. Ich kann dir sagen, wie es weitergehen würde, wenn du es wissen willst."
Juna räusperte sich verlegen.

„Ja, das will ich!"

„Wenn du zulassen würdest, dass er Fotos von dir machen darf, würde er dich damit später erpressen und du wärst in der Falle."

„Wie kommst du darauf? Bist du dir wirklich sicher?"

„Ja, das bin ich! Wir beobachten ihn schon eine Weile."

Als Juna zu weinen begann, legte Lina ihren Arm um sie.

„Er hat sein Ziel ja nicht erreicht. Du hast intuitiv gespürt, dass er ein Räuber ist, ein 'Blaubart'. Deine Intuition hat Alarm geschlagen und dir zugeflüstert, dass mit diesem Mann etwas nicht stimmt. Auch wenn du das, was du an ihm wahrgenommen hast, noch nicht gut in Worte kleiden kannst, so hat dein Gefühl dir aber die richtigen Signale gesendet."

„Was ist ein 'Blaubart'?"

„Ein Seelenräuber. Kennst du das Märchen gar nicht?"

„Nein."

„Du musst es unbedingt einmal lesen."

„Ich schäme mich so."

„Das musst du nicht! Du bist einfach noch sehr jung und unerfahren."

„Ich will ihn nie wieder sehen!"

„Schreib ihm das. Am besten sofort. Ich wäre dir dankbar, wenn du mir eine Kopie des Chatverlaufs zukommen lassen würdest."

Juna nahm ihr Handy und schickte ihm eine Nachricht über WhatsApp. Anschließend sandte sie den gesamten Verlauf an ihre Großmutter. Noch bevor er antworten konnte, blockierte sie ihn.

Lina gab ihr einen Kuss auf die Stirn.

„So, für heute machen wir Schluss! Ich glaube, du brauchst jetzt eine Pause."

„Erzählst du mir denn morgen, wie es bei dir damals

weitergegangen ist?"

„Sehr gern, meine Liebe! Wenn du möchtest, kannst du schon zum Frühstück kommen."

Nachdem ihre Enkelin gegangen war, setzte sich Lina in ihrem Arbeitszimmer an den Schreibtisch, um einen Bericht zu schreiben. Ihr Verdacht war zur Gewissheit geworden.

Hanno hatte sich auch an Juna herangemacht. Wenn er Kontakt zu Jugendlichen aufnahm, gab er sich freundlich und unkompliziert, imitierte den Sprachstil, kleidete sich jugendlich und tat so, als sei er einer von ihnen. Immer jedoch behielt er sein Ziel im Auge, sich intim anzunähern, um an peinliche Fotos zu gelangen und schließlich zur Erpressung überzugehen. Skrupel oder Mitgefühl kannte er nicht. Lina hatte oft genug mit solchen Persönlichkeiten zu tun, hatte an Verhören teilgenommen, ihr Leben recherchiert, Fallberichte gelesen.

In unvergesslicher Erinnerung war ihr die Lebensgeschichte von Richard Kuklinski geblieben, einem skrupellosen Auftragsmörder, der mit dreizehn Jahren seinen ersten Mord begangen hatte und später 'The Iceman' genannt wurde. Er starb im März 2006. Als Kind hatte er ein zartes, feinsinnig anmutendes Gesicht. In einer liebevollen Familie hätte er wahrscheinlich eine andere Entwicklung genommen. Doch was in ihm schwelte, welch tiefe, verstörende Pathologie in ihm lauerte, zeigte sich schon vor seinem ersten Mord, denn er hatte bereits als Kind damit begonnen, Tiere zu quälen. Empathie kannte er nicht.

Nein, Hanno würde kein Serienmörder sein. Das nahm Lina nun wirklich nicht an. Aber die fehlende emotionale

Einfühlung und die fehlenden Skrupel waren ihm ebenso zu eigen.

Schon viele Jahre arbeitete sie als Kommissarin, als vor sechs Jahren Frank König zu ihrer Dienststelle wechselte, ein Mittfünfziger von schlanker Statur in Jeans und Lederjacke. Eines Morgens stand er plötzlich im Büro, streckte ihr zur Begrüßung die Hand entgegen, beziehungsweise den lang ausgestreckten Arm, als würde er ihr einen Stock entgegenhalten, an dessen Ende eine Hand befestigt war. Es hatte etwas Paradoxes: Eine Kontaktaufnahme mit Hindernis, ein 'guten Tag' und 'bleib mir fern'!

Diesen besonderen Moment, in dem sich ihre Hände berührten, hatte Lina nicht vergessen, denn in den wenigen Sekunden war es ihr, als offenbarte sich seine Lebensgeschichte, zumindest Teile daraus, die so traumatisch waren, dass sie erschrak. Wie ein Film im Zeitraffer sah sie, wie er als Kind vom betrunkenen Vater verprügelt wurde, wie er sich unter dem Bett versteckte und wie er sich als Jugendlicher vor seine Mutter stellte, um sie vor dem Vater zu schützen.

Etwas zu heftig zog sie ihre Hand aus seiner. An seinem Blick erkannte sie, dass es ihm seltsam vorkam. Frank würde es nicht zu deuten wissen. Sie hoffte, dass er es nicht als Ablehnung interpretieren würde.

Nachdem Lina den Bericht, den sie ihrem Kollegen zur Einsicht geben würde, ausgedruckt hatte, las sie ihn noch einmal sorgfältig durch und dachte über das Gespräch mit ihrer Enkelin nach. Zum Glück war Juna verständig und hat den Kontakt zu Hanno sofort beendet. Es hätte auch anders enden können. Das war ihre Angst.

Sie holte sich ein Glas Cidre aus der Küche, zog Adrians Fleecejacke über und setzte sich auf die Terrasse. Längst war es dunkel und kühl. Das störte sie nicht. Von Adrians Jacke mochte sie sich nicht trennen. Auch wenn es vollkommene Illusion war, so stellte sie sich vor, dass Adrian seine Arme um sie legen und sie wärmen würde, wann immer sie seine Jacke trug.
Niemals darf man die Illusion eines Menschen zerstören, wenn sie ihm hilft, am Leben zu bleiben.
„When I need you, I just close my eyes and I'm with you."
Immer wieder dachte sie an die Liedzeile aus einem Lied von Leo Sayer, so auch diesmal, während sie in die Dunkelheit schaute und der Gesang in ihrem Kopf einfach weiter ging.
„...And all that I so wanna give you, it's only a heartbeat away."
Sie zündete eine Zigarette an und inhalierte den Rauch, als wäre er Medizin gegen Wehmut. Aus ihrem Wohnzimmer drang Licht nach draußen. Mücken tanzten über dem Rasen. Zu ihrer Linken gewahrte sie ein leises Rascheln, vielleicht eine Maus auf der Flucht. Vereinzelt war ein Vogel zu hören und das Geräusch einer kletternden Katze.

Das Handy vibrierte auf dem Tisch. Eine Nachricht von ihrem Kollegen Frank, der ihr ein Foto von seinem gerade geborenen Enkel schickte. Lina gratulierte und wünschte seiner Tochter und ihrer Familie Gesundheit und Glück.
Dann öffnete sie auf YouTube das Lied 'Nightcall' von London Grammer und lauschte der Musik.
Wenn sie dieses Lied hörte, fragte sie sich jedes Mal, wen sie denn anrufen könnte, wenn es nötig wäre, des nachts, wenn

alles in einem lauter wird, während draußen Stille einkehrt.

Sie zündete eine zweite Zigarette an. Die Flamme, so hell in der Dunkelheit. Sie legte das Feuerzeug auf den Tisch. Sie wusste, dass sie es büßen würde, noch in derselben Nacht. Die Bronchien würden sich wehren. Zäher Schleim würde die Atemwege hinaufklettern und zukleistern.

Unausweichlich und unerbittlich das Gefühl des Erstickens.

Juna lag im Bett und las noch in einem Buch. Sie roch den Rauch durch den Fensterspalt. Leise öffnete sie das Fenster ganz und konnte nun die ruhige Musik deutlicher hören. 'Nightcall', ja, sie kannte das Lied. Schon oft hatte sie es gehört, besonders wenn ihre Großmutter die Musik sehr laut aufdrehte, wie sonst Teenager es tun.

Doch warum hörte sie es jetzt, allein im Dunkeln auf der Terrasse?

Juna langte nach ihrem Handy und tippte Lina eine Nachricht.

„Gute Nacht, Oma! Ich hab' dich lieb."

Schließlich löschte sie das Licht und lauschte der Musik.

Kapitel 17

Frühjahr 2020

In den Nachrichten gab es täglich Berichte über die Corona-Pandemie. Dieses Virus breitete sich nicht nur in den Körpern der Menschen aus, sondern auch in ihrem Denken, in ihren Seelen und in ihren Beziehungen.

Wenn jemand hustete, zog er böse Blicke auf sich und entschuldigte sich unverzüglich mit den Worten, es sei nur Reizhusten oder Ausdruck einer Allergie, aber auf keinen Fall Corona. Man begegnete sich mit Abstand und Verunsicherung. Parkanlagen und Innenstädte waren leer. Die Polizei kontrollierte die Straßen und überwachte, ob sich die Bürger an die verordneten Corona-Regeln hielten.

Nicht mehr als zwei Personen durften zusammen unterwegs sein. Das Kontaktverbot untersagte schließlich auch den Besuch von Freunden und Familienangehörigen, mit denen man nicht in einem Haus zusammenlebte.

Viele arbeiteten im Homeoffice. Die Büros verwaisten. Konferenzen im Gruppenchat. Ab und zu lief ein Kind durchs Bild. Hin und wieder verschwand eine Person vom Bildschirm und tauchte plötzlich wieder auf – war vielleicht zur Toilette oder musste dem Kind noch einmal erklären, während der Video-Konferenzen auf keinen Fall zu stören.

Schon jetzt, nach ein paar Wochen, litten viele Menschen unter den sozialen Einschränkungen. Einsamkeit machte sich breit. Depressive Verstimmungen nahmen zu. Pflegeheime verweigerten Besuchern den Zutritt - zum Schutz der Alten, die in ihren Zimmern vereinsamten, ohne zu wissen, wann der Albtraum ein Ende hätte.

Andere wiederum, meist Personen introvertierter Natur, waren begeistert von der Ruhe auf den Straßen und sie genossen die entstandene Verlangsamung der Lebensabläufe. Der Autoverkehr hatte drastisch abgenommen und man kam ohne Stau über die A3 nach Köln.

Und dann gab es noch jene, die Corona für eine Erfindung hielten, die es fertigbrachten, trotz der vielen in Hallen gestapelten Särge zu glauben, dass alles nur eine Lüge sei. Trotzig demonstrierten sie in großen Gruppen abstandslos gegen die von der Regierung verhängten Schutzmaßnahmen. Ob sie nicht auf die Idee kamen, dass sie dadurch die Infektionszahlen in die Höhe trieben? Ob sie nicht auf die Idee kamen, dass hohe Infektionszahlen noch strengere Maßnahmen zur Folge haben würden?

Lina steckte den Mund-Nasenschutz in ihre Handtasche, der nun Pflicht war beim Betreten der Geschäfte, nahm den Autoschlüssel und fuhr zum Bäcker, viel schneller als sonst. Nur wenige Autos waren unterwegs.

*'**Stay at home!**' war der Befehl, mit dem man ständig in den Nachrichten und sozialen Medien konfrontiert wurde.*

Es war die Zeit einer neuen Art von Schuldgefühlen für Verhalten, das immer als normal gegolten hatte, nämlich das Haus zu verlassen und sich unter Menschen zu begeben, sich mit seinen Lieben zu verbinden und nach dem Rechten zu sehen. Nur mit unguten Gefühlen besuchte man seine Eltern. Hatte man sie nun vielleicht infiziert? Von wem wurde man nun beschuldigt? Schützt die Alten! Doch sie zu meiden, fühlte sich auch nicht besser an. Eltern vermissten ihre

Kinder. Kinder vermissten ihre Eltern.

Auf offener Straße wurde man angefeindet von Fremden, man solle doch mit dem Arsch zu Hause bleiben, obwohl diese Unbekannten selbst da draußen waren und sie nicht wussten, warum man auch unterwegs war. Ja, mit dem 'Arsch' zu Hause bleiben. So wurde man von Fremden zurechtgewiesen. Oberlehrer bekamen Oberwasser. Ein rüder Tonfall machte sich breit.

Als Lina die Bäckerei erreichte, hatte sich zum Glück noch keine Warteschlange gebildet.
Sie war früh genug eingetroffen, um Junas geliebtes Streuselstütchen rechtzeitig zu ergattern, bevor es ausverkauft war. Insgesamt bestellte sie zehn Brötchen, eine ausgewogene Mischung. Vielleicht kam ja nicht nur Juna, sondern auch noch ihre Tochter Charlotte zum Frühstück. Für sie hatte sie ein Vollkorncroissant und ein Kürbiskernbrötchen ausgesucht. Sie wartete nicht auf das verseuchte Wechselgeld, sondern überließ es der Kassiererin und eilte hinaus. Endlich wieder die Maske abziehen! Endlich wieder richtig atmen! Ab nach Hause!

Im Hausflur roch es nach Veilchen, nach Juna, die großzügig und großflächig ihr neues Parfum benutzte.
Lina begann, das Frühstück zuzubereiten, kochte Eier, setzte Kaffee auf und stellte die Brötchen, Erdbeermarmelade, Nutella, Honig, Käse und Mandelmus auf den Tisch.
Schließlich schickte sie ihrer Enkelin eine Nachricht über WhatsApp, dass sie nun kommen könne und falls die liebe Mama auch Lust auf Frühstück habe, diese natürlich auch.
Tatsächlich kamen sie beide. Charlotte brachte eine Lage

Pfefferschinken und Juna eine Flasche Orangensaft mit.

Sie waren ausgelassen. Sie waren vergnügt, für einige Zeit die Welt vergessend. Eine zweite Tasse Kaffee und noch ein Brötchen. Ein kleines bisschen mehr von allem als sonst üblich.

Sie alle liebten diese gemeinsamen Momente, das Gefühl der Verbundenheit und Vertrautheit. Lieblingsmenschen beisammen. Ein Blick reicht und man weiß Bescheid.

Es war diese Gewissheit, mit der Lina abends die Einsamkeit auf der Terrasse zulassen konnte, wenn es schon dunkel war und die Traurigkeit sich eingeladen fühlte wie ein Pianist zu einer Abendveranstaltung, der Melodien in Moll vortrug. Doch da war ein schmaler Grat zwischen der als süß empfundenen Melancholie, die ihr den Pinsel führte, wenn sie vor ihrer Staffelei stand, und jener Melancholie, die sie in qualvolle Schwermut stürzte.

Gegen Mittag verabschiedete sich Charlotte. Sie müsse noch einen Einkauf erledigen, bevor sie wieder vor leeren Regalen stünde. Hefe war noch immer ausverkauft, aber immerhin gab es wieder Mehl und Nudeln, zumindest bei Edeka. Die Pandemie löste Hamsterkäufe aus. Die ausgeräumten Regale in den Geschäften erinnerten an kriegsähnliche Verhältnisse. Für viele Menschen eine beängstigende Erfahrung.

Charlotte verabschiedete Juna mit einem Kuss und der Erinnerung daran, dass sie später noch etwas für die Schule arbeiten solle.

„Ja, Mama! Mache ich! Keine Bange!"

„Wird sie bestimmt, Charlotte. Mach dir keine Gedanken."

Nachdem Juna und Lina den Tisch abgeräumt hatten, setzten sie sich mit einer Tasse Ingwertee in den Garten, nicht auf die Terrasse direkt am Haus, denn da war noch Schatten. Aber am Ende des Gartens gab es noch eine kleine Holzterrasse, die bereits in der Sonne lag. Mit Jacke konnte man dort bereits gut sitzen und Juna wickelte sich in eine weiche Decke. Für eine Weile beobachteten sie ein Rotkehlchen in der Nähe der Rhododendren und nippten an ihrem Tee.

„Der Vogel liebt seine Freiheit."

„Wie kommst du jetzt darauf?"

„Weil ich daran dachte, dass man dir damals die Freiheit geraubt hat. Hast du eigentlich das Zimmer gewechselt und Winfried sehen können?"

„Ja, ich war für kurze Zeit in dem anderen Zimmer und konnte ihn durch die Scheibe sehen."

„Für kurze Zeit?"

„Ja, nur für kurze Zeit. Das hatte einen guten Grund."

Kapitel 18

Damals

Ob Schnee draußen liegt?

Es ist früher Morgen, als Lina erwacht und zum Fenster schaut. Die Dunkelheit erscheint ihr heute etwas heller als sonst. Sie steigt aus dem Bett, zieht die rosa Schleife für den heutigen Tag von der Schnur und klettert die Fensterbank hinauf. Tatsächlich liegt Schnee und es sieht so friedlich aus. Ein besonderer Tag, besonders auch, weil sie heute das Zimmer wechselt und am Nachmittag ihre Mutter zu Besuch kommen würde.

Pan Tau sitzt bereits am Tisch. Zum Glück zieht er niemals einen Vorhang zu. In gewisser Hinsicht ähneln sich die abendlichen und morgendlichen Beobachtungen. Doch morgens löffelt er keine Suppe oder schneidet Fleisch klein. Morgens isst er Brötchen mit Marmelade, meistens rote, so wie jetzt in diesem Moment. Rote Marmelade nimmt Lina auch am liebsten. Wie schön, dass es eine Gemeinsamkeit gibt, freut sie sich. Ob es nun Himbeer-, Kirsch- oder vielleicht Erdbeermarmelade ist, das ist jetzt nicht ganz so wichtig. Darüber kann sie hinwegsehen. Morgens trinkt er aus einer Tasse, Kaffee vermutlich, und abends aus einem Glas. Am Abend steht Sprudel oder auch schon mal eine Flasche Bier auf dem Tisch.

Und da gibt es noch einen weiteren Unterschied. Morgens sind seine Haare strubbelig. Er hat Locken. Wild sehen sie aus. Gern würde Lina sie einmal durchwuscheln. Abends sind seine Haare glatt und glänzend. Streng sieht er dann aus, wie ein Polizist. Irgendetwas scheint er hinein zu kneten, vermutet Lina, vielleicht das gleiche Zeug, das Papa benutzt. Zum Glück ist es morgens und abends noch dunkel. So kann ich ihn wenigstens sehen, wenn er das Licht einschaltet. Ob er böse wäre, wenn er wüsste, dass ich ihn beobachte? Vielleicht würde er dann einen Vorhang zuziehen. Dann wäre alles vorbei. Morgens liest er übrigens auch Zeitung und abends hat er schon mal Besuch von dieser blonden Frau. Ob sie böse wäre, wenn sie es wüsste?

Als Schwester Sarah das Frühstück bringt, kommt Lina schnell von der Fensterbank herunter und setzt sich sofort an den Tisch.

„Rote Marmelade! Prima! Ich möchte immer rote Marmelade!"

„Ich kann es der Küche ausrichten. Zuerst trinkst du aber bitte den Möhrensaft."

„Bah, pfui! Der ist so widerlich!"

„Halte deine Nase zu und rein damit!"

Lina schüttelt sich vor Ekel, als sie das Glas zum Mund führt.

„Ich darf gleich in das andere Zimmer."

„Ich weiß. Nach dem Frühstück kannst du deine Spielsachen in die Tasche packen."

„Meine Tafel und mein Fernglas müssen auch mit."

„Natürlich. Du machst einen richtigen Umzug."

„Und Mama kommt heute auch zu Besuch!"

Lina nimmt eine Brötchenhälfte und bestreicht sie mit Erdbeermarmelade.

„Ich liebe rote Marmelade, egal ob Erdbeer- oder Himbeermarmelade! Ich würde auch Kirschmarmelade essen. Kann ich die auch mal bekommen?"

„Du bist ja richtig munter heute! Aber hör auf, mit dem Stuhl zu wippen! Sonst kippst du um."

„Hm, schmeckt super!"

Ihre Lippen sehen aus, als habe sie roten Lippenstift aufgetragen. Nach dem Frühstück tupft Schwester Sarah ganz vorsichtig das Gesicht ab.

„Können wir jetzt rüber gehen?"

Das neue Zimmer ist etwas größer. Lina zählt zwei Fenster, eins, durch das sie Winfried sehen kann und ein weiteres mit Ausblick auf einen Balkon, der sich über die ganze Hausseite erstreckt. Eigentlich ist es gar kein Fenster, sondern eine Balkontür. Verschlossen natürlich, wie alle Fenster und Türen, die nach draußen führen. Lina stellt sich an die Balkontür. Es gibt nicht viel zu sehen. Ein Blick ins Leere. Sozusagen. Keine Häuser direkt gegenüber, nur weit weg in der Ferne.

Und das Zimmer selbst? Genauso langweilig wie das andere. Kahle Wände. Ein Schrank. Ein Tisch. Zwei Stühle.

Nachdem Schwester Sarah sämtliche Sachen aus dem anderen Zimmer in den Schrank sortiert und sich mit einem 'bis später' verabschiedet hatte, setzt sich Lina auf ihr Bett und schaut zu Winfried, winkt ihm zu, doch reagiert er nicht. Weiß er denn gar nicht, dass er eine Nachbarin bekommt? In seinen Händen hält er eine Schüssel und löffelt eine helle Masse, die aussieht wie Vanillepudding. Er führt den Löffel zum Mund, lutscht ihn ab, zieht den Pudding durch die Zähne und lässt ihn dann wieder hinaus auf den Löffel laufen. Danach erst nimmt er den Löffel noch einmal in den Mund und schluckt den Pudding hinunter.

Lina tritt an die Scheibe heran und klopft. Für einen kurzen

Moment hält er inne, schaut hoch und legt den Kopf schräg. Seine Mimik bleibt ausdruckslos. Er beginnt nur, sich hin und her zu schaukeln, ganz sacht, als lausche er irgendeiner Melodie. Enttäuscht legt sie sich auf ihr Bett und starrt zur Decke. Irgendwann schläft sie ein. Gegen Mittag wird sie wach. Jemand bringt Essen. Sie stellt sich schlafend. Ekelhafter Geruch. Als die Tür sich wieder schließt, springt sie auf und betrachtet die braunen Fleischklumpen auf dem Teller. Sie spürt einen Würgereiz. Nur die Kartoffeln pickt sie mit der Gabel auf. Dann setzt sie sich erneut auf das Bett und schaut sich um. Ihr Blick bleibt an der Tür zum Flur haften und an der Wand daneben. Da ist kein Fenster zum Flur! Kein Fenster, durch das sie ihre Mutter sehen könnte. Ob sie zu mir rein darf? Vielleicht darf sie jetzt zu mir ins Zimmer, überlegt sie.

Noch während sie darüber nachdenkt, sieht sie, wie sich jemand von draußen der Balkontür nähert. Und dann erkennt sie ihre Mutter. Lina läuft zu ihr. Es schneit immer noch. Schneeflocken setzen sich auf ihre Mütze. Sie trägt Handschuhe und legt ihre Hand an die Scheibe. Lina erwidert den Gruß.

Mama, du sieht so traurig aus, denkt sie. Bestimmt fragst du dich, warum ich das Zimmer getauscht habe. Ich habe dich ausgesperrt. Bestimmt frierst du schon. Warum hat mir niemand gesagt, dass du in der Kälte stehen musst? Mama, es tut mir leid! Ich habe das nicht gewollt. Ich wusste es nicht. Nie hätte ich sonst das Zimmer getauscht. Niemals! Du siehst so traurig aus. Ich wollte nicht, dass du frierst. Wegen mir frierst du jetzt. Wenn du doch nur rein könntest, wenigstens auf den Flur. Dort ist es warm. Mama, ich wollte das nicht. Aber das weißt du nicht. Als sie ihre Hände von der Scheibe lösen und Linas Mutter sich winkend verabschiedet, da bleibt Lina wie erstarrt an der Balkontür stehen und schaut ihrer Mutter noch lange hinterher, auch dann noch, als diese schon längst vom Balkon verschwunden war.

Der Schmerz, der Lina durchflutet, kennt keine Grenze und kein Halten mehr.

Sie geht zum Tisch, nimmt das Glas Möhrensaft und wirft es gegen die Tür. Dann greift sie sich die Gabel und zerkratzt die Wand. Schwester Sarah, durch den Lärm aufmerksam geworden, reißt die Tür auf und sieht Lina ins Essen greifen. Fleischklumpen fliegen ihr entgegen, bevor Lina auf sie zurennt und mit den Fäusten auf sie einschlägt. Schwester Sarah hält Linas Hände fest und ruft laut nach ihrer Kollegin. Es dauert nicht lange, bis diese erscheint, mit einer Spritze in der Hand.

Es ist finster, als Lina erwacht. Durch den Türspalt dringt Licht vom Flur herein. Ihre Hände schmerzen. Nur langsam kommen ihr die Ereignisse wieder zu Bewusstsein. Das neue Zimmer, die Mutter in der Kälte, ihr trauriger Blick und dieses unerträgliche Gefühl, das sich durch ihren Körper fraß.

Ihr ist schwindelig, als sie sich aufsetzt. Sie greift nach der Taschenlampe auf ihrem Nachtschränkchen und leuchtet zur Tür und schließlich die Wand entlang, an der ihre Tafel lehnt mit den bunten Buchstaben. Sie erkennt das Wort, das sie mit Doktor Greifer geschrieben hatte. In der Mitte der Tafel steht *Hoffnung*.

Nach einer Weile steht sie auf, kniet sich vor die Tafel und entfernt jeden einzelnen Buchstaben. Unsortiert liegen sie nun auf dem Boden, nebeneinander, übereinander, als habe jemand seinen Müll ausgekippt.

Anschließend sucht sie ihr Fernglas, findet es in dem Schrank, der hier genauso klapprig ist wie in dem alten Zimmer. Sie tritt die Schranktür zu, geht dann zur Balkontür und blickt durch das Fernglas. Doch da ist nichts, niemand, dem sie zuschauen könnte, nichts, woran sie teilnehmen könnte.

Da ist nur der Blick in die Dunkelheit und irgendwo in der Ferne, zu weit entfernt, um scharf zu sein, erkennt sie ein müdes, mattes Licht.

Kapitel 19

Damals

„Seit wann liegt sie so reglos da?", herrscht Dr. Greifer Schwester Sarah an. Dabei fallen ihm die Buchstaben auf dem Fußboden auf. Die Tafel, nur noch eine verwaiste, leere Fläche mit gelber Umrandung, liegt direkt daneben.

„Schon die ganze Zeit."

„Geht's vielleicht ein bisschen genauer?"

„Seit gestern Abend liegt sie da wie ein Embryo. Sie hat auch das Frühstück nicht angerührt, auch bisher kein Wort mehr gesprochen. Ich konnte auch die notwendige Pflege nicht verrichten. Sie hat sich völlig in sich eingerollt und steif gemacht. Ich hätte Gewalt anwenden und sie auseinander biegen müssen."

„War ihre Mutter gestern zu Besuch?"

„Ja, natürlich! Sie stand da draußen auf dem Balkon. Hier gibt es ja kein Fenster zum Flur. Sie konnte also nicht auf die Station kommen."

Dr. Greifer geht zur Tür. Noch immer schneit es. Auf dem Balkon liegen mittlerweile fünfzehn Zentimeter Schnee.

„Oh, je! Ich habe eine Ahnung. Was haben wir nur getan!"

„Wieso wir? Lina war diejenige, die völlig ausgerastet ist und sich aufgeführt hat wie eine Besessene. Sie war diejenige, die mit Sachen um sich geworfen und um sich geschlagen hat. Ich sehe nicht, dass *wir* etwas falsch gemacht haben."

„Schwester Sarah, Sie fragen ernsthaft, was WIR getan haben? Haben Sie nicht die geringste Idee dazu? Was lernen

Sie eigentlich in der Kinderheilkunde?"

„Und *Sie*? Sie hatten schließlich die Idee für den Zimmertausch!"

„Hm…"

Dr. Greifer wurde sehr nachdenklich.

„Stimmt. Das war ich. Und es war ein großer Fehler. Ich habe nicht weitreichend genug gedacht. Ich habe nicht alle Faktoren berücksichtigt."

Er setzt sich auf die Bettkante, legt seine Hand auf Linas Schulter. Da sie mit dem Gesicht zur Wand liegt, kann er nicht sehen, ob die Augen geschlossen sind.

„Lina", flüstert er leise.

Keine Reaktion.

„Lina, hörst du mich?"

Er wartet einen Augenblick.

„Lina, sag doch etwas. Bitte!"

Sie antwortet nicht.

Er hebt die Bettdecke hoch. Blutflecken und Wundwasser auf der Decke und dem Laken verteilt.

Sie hat wieder gekratzt.

„Haben Sie es heute morgen geschafft, Fieber zu messen?"

„Nein, Herr Doktor."

„Sie fühlt sich ganz heiß an."

„Gestern Abend, nachdem wir sie sediert hatten, da konnte ich noch einmal Fieber messen. Sie hatte 39,7 Grad."

„Hat sie heute schon getrunken?"

„Nein, ich sagte doch, sie rührt nichts an. Sie isst und trinkt nicht. Sie bewegt sich nicht. Sie spricht nicht. Sie hat nicht einmal ihre Puppe aus der Spielzeugkiste geholt."

„Das hört sich gar nicht gut an."

Besorgt streicht er Lina durchs Haar.

Sie rührt sich nicht.

Wir verlieren sie, wir verlieren sie, geht es ihm durch den Kopf.

„Wir müssen dringend einen Zugang legen. Sie braucht unbedingt Flüssigkeit. Bringen Sie auch die Medikamente mit. Beeilen Sie sich!"

Schwester Sarah eilt aus dem Zimmer.

„Lina, ich muss dich jetzt umdrehen. Ich bin ganz vorsichtig."

Teilnahmslos lässt sie es geschehen.

Wie schockgefroren liegt sie da, als sei sie überrascht worden von urplötzlich hereinbrechender eisiger Kälte und zu einem Fossil erstarrt. Jetzt kann er ihre Augen sehen. Sie schaut ins Leere. Ein Blick, der nichts fixiert, nichts festhält, als sei jegliches Interesse an der Welt erloschen.

Sie hat sich verabschiedet.

Wenn die Hoffnung stirbt, ist dies meist ein sehr stiller Moment.

Schnell kommt Schwester Sarah zurück und sieht Dr. Greifer neben Lina sitzen. Sie reicht ihm die Infusionsflasche und die Medikamente. Ihre Finger berühren sich. Sie schaut ihm zu, wie er die Infusion anhängt. Schmal ist er geworden, denkt sie, und in seine dunklen Haare mischen sich erste graue Strähnen. Sie bewundert ihn für seine Souveränität und seine liebe und einfühlsame Art, mit Kindern umzugehen.

Sie bewundert, wie schnell er eine Idee für die zugrundeliegende Problematik entwickelt und wie treffsicher er seine Diagnosen stellt.

Nur bei der kleinen Lina ist er völlig ratlos. Sie weiß, dass er es sich vorwirft, dass er im Dunkeln tappt und bisher nichts gefunden hat, was tatsächlich geholfen hätte.

Versuch und Irrtum, das ist genau jene Strategie, die er vermeiden möchte und sie verursacht ihm nicht nur Unbehagen, sondern auch Schuldgefühle. Gespräche mit Kollegen, von denen er sich einen Rat erhofft hatte, waren ergebnislos. Noch immer liegt Lina reglos da, die Augen zwar geöffnet, doch kein Bild geht hinein.

Lina gibt ihm, ohne es zu wollen, das Gefühl, machtlos zu sein, an seine Grenzen zu stoßen.

Er weiß, dass es sich in Linas Fall um eine Krankheit handelt, die er in keinem Lehrbuch finden würde.

Neuland.
Unbekannt.
Unheilbar.
Unheilbar?

Dr. Greifer will die Hoffnung nicht aufgeben. Erst jetzt bemerkt er Sarahs Hand auf seiner Schulter.

Das Empfinden von Ohnmacht und Traurigkeit angesichts dieser lebensbedrohlichen Erkrankung bei einem so kleinen Kind hat ihn durchlässiger werden lassen.

Das ist es, was Schwester Sarah spürt. Und wenn sie ganz ehrlich ist, muss sie zugeben, dass sie ihn nicht nur sehr schätzt, sondern ein bisschen mehr für ihn empfindet, als ihr lieb ist. Diese Durchlässigkeit, die sie an Dr. Greifer wahrnimmt, hat zur Folge, dass er mehr von sich preis gibt, nahbarer ist als sonst und sie genießt diesen Moment, in dem sie nun bei ihm ist, mit ihrer Hand auf seiner Schulter.

„Eigentlich müsste ich Lina waschen und mich um die

Verbände und Salben kümmern."

Er nickt.

„Ich weiß. Aber lassen wir sie erst einmal in dieser Schutzhaltung, die sie eingenommen hat. Die Seele hat jetzt Vorrang. Ich habe Angst, dass wir ihre Situation verschlimmern, wenn wir sie unter Zwang da herausholen. Wir müssen es schaffen, sie aus dem Verlies zu holen, aber auf eine sanfte Art. Ich habe nicht weitreichend genug gedacht. Ich habe nicht darüber nachgedacht, was sie verliert, wenn sie das Zimmer wechselt. Es tut mir so unglaublich leid. Ich habe einen großen Fehler gemacht. Und ich habe Angst."

„Ich auch. Ich habe auch Angst."

Sie wünscht sich, der Moment möge noch länger dauern, doch Dr. Greifer steht auf, geht um das Bett herum und lehnt sich an die Wand.

„Wenn ich doch nur wüsste, was das für eine Krankheit ist!"

„Ich habe so etwas Schreckliches auch noch nie gesehen. Sie sieht immer mehr aus wie ein gehäutetes Kaninchen."

„Wechseln Sie bitte die Bettdecke. Kissen und Bettlaken lassen Sie erst mal, auch wenn es Ihnen schwerfällt, was ich gut verstehen kann. Wir lassen Lina jetzt erst einmal in Ruhe. Und lüften Sie kurz durch, damit dieser Geruch verschwindet. Bleiben Sie aber in Gottes Namen im Zimmer, solange die Balkontür geöffnet ist!"

Sofort öffnet Schwester Sarah die Tür. Dann geht sie zum Schrank und sucht etwas in Linas Sachen.

„Was können wir denn sonst noch tun? Sie sagen, die Seele hat jetzt Vorrang. Was können wir tun?"

Dr. Greifer setzt sich wieder zu Lina und streicht über ihre Hand. Vergeblich versucht er, ihren Blick einzufangen.

„Lina, was können wir für dich tun?"

Er hofft auf irgendeine Reaktion, ganz gleich, welche, selbst wenn es nur eine Bewegung der Finger wäre, eine Bewegung der Mundwinkel oder ein Blick in seine Richtung oder ein Seufzer oder eine Träne, die still über ihre Wange läuft.

Doch nichts geschieht.

„Herr Doktor?"

„Ja."

Er wendet seinen Kopf, kann Schwester Sarah aber nicht sehen.

„Wo sind Sie denn?"

„Am Schrank. Soll ich ihr vielleicht die Puppe ins Bett legen?"

„Gute Idee. Bringen Sie sie her!"

Er legt die kleine Puppe mit den roten Haaren und den lustigen Sommersprossen neben Lina.

„Ich hätte noch eine Idee, also, wegen der Seele."

„Und die wäre?"

„Das müssten Sie aber dann erlauben", druckst sie herum.

„Nun, raus damit! Erzählen Sie! Ungewöhnliche Situationen erfordern ungewöhnliche Maßnahmen."

„Das ganze Essen, das wir ihr täglich servieren, von den Broten mit Marmelade mal abgesehen, das ekelt sie nur an. Sie isst fast gar nichts. Wie soll sie zu Kräften kommen, wenn sie fast nichts isst? Lina muss doch ständig hungrig sein. Und für die Seele wäre es doch eventuell ratsam, mal auf ihre Wünsche einzugehen."

„Was wollen Sie mir sagen, Schwester Sarah?"

„Wir sollten es mal mit Vanillepudding versuchen oder Bananenquark zum Beispiel. Oder Apfelpfannkuchen oder Haferbrei. Wir haben ihr alles von der Liste gestrichen, was sie zu Hause gern gegessen hat. Stattdessen quälen wir sie mit Leber, Pilzen und Möhrensaft. Das hätte ich als Kind auch verweigert."

Er schaut zu Lina. Hat sie vielleicht zugehört? Regt sie sich? Doch nichts geschieht.

„Sie haben Recht. Teilen Sie der Küche bitte mit, dass Lina Vanillepudding bekommen soll und stellen Sie ihn nicht auf den Tisch, sondern direkt auf das Schränkchen an ihrem Bett. Ich will, dass sie ihn riechen kann und sofort an ihn heran kommt, ohne aufstehen zu müssen. Vielleicht hilft ihr der Geruch, zu uns zurück zu finden."

„Herr Doktor?"

„Ja."

„Wir hatten die Vermutung, dass Linas Erkrankung eventuell irgendetwas mit Milch zu tun hat. Aber das hat es vielleicht gar nicht. Jedenfalls sehen wir keine Besserung, obschon wir sämtliche Milchprodukte weggelassen haben."

„Das stimmt. Milch hat wahrscheinlich gar keinen Einfluss. Wir versuchen es jetzt einfach mit Vanillepudding."

„Ich sag der Küche Bescheid."

„Einverstanden. Aber machen Sie bitte vorher die Balkontür wieder zu."

Während Schwester Sarah bereits mit der Küche telefoniert, sitzt Dr. Greifer noch immer bei Lina. Er hält ihre Hand und schaut dem Schneetreiben zu. Der Wind wirbelt die Flocken herum, als habe er Freude dran. Lina würde es gefallen. Leise beginnt er zu singen:

„Schneeflöckchen, Weißröckchen, wann kommst du geschneit. Du wohnst in den Wolken, dein Weg ist so weit."

Plötzlich fühlt er eine zarte Bewegung an seiner Hand. Linas Finger bewegen sich und sie schaut ihn an.

Er fühlt, wie seine Augen feucht werden, als er sich herunter beugt und ihr zuflüstert:

„Meine tapfere Kämpferin. Da bist du ja wieder. Wir haben dich vermisst."

„Mama."

„Ich weiß. Ich habe verstanden. Morgen darfst du wieder in dein altes Zimmer."

„Sie war traurig. Sie hat gefroren."

„Ja. Ich weiß. Ich hätte es vorher wissen müssen. Es tut mir sehr leid. Bitte, verzeih mir! Schwester Sarah bringt dir nachher Vanillepudding. Den magst du doch, nicht wahr?"

„Ja."

Sie lächelt.

„Ich schau mal, wo sie bleibt."

Beim Verlassen des Zimmers dreht er sich an der Tür noch einmal um. Lina hält ihre Puppe im Arm und schaut zu ihm. Dann tritt er noch einmal von der Zimmertür zurück, kniet sich auf den Boden und sammelt die Buchstaben auf, schreibt ein Wort an die Tafel und geht.

Sein Geruch verweilt im Raum.

Rasierwasser.

Etwas, das bleibt.

Seine Schritte entfernen sich. Nach einer Weile steigt Lina aus dem Bett und setzt sich vor die Tafel. Mit ihren Fingern fährt sie jeden Buchstaben nach.

Er hat eine Nachricht für sie hinterlassen.

H - O – F – F – N – U – N – G

Sie nimmt die Tafel, richtet sich auf und hebt sie vor das Fenster zum Nebenraum. Winfried sitzt auf seinem Bett und schaukelt vor und zurück. Wo er genau hinschaut, kann sie nicht sagen. Seine Augen sind geöffnet, doch er sieht aus wie ein Geist, denkt Lina. Sie klopft, erst zaghaft, dann fester. Endlich hebt er seinen Kopf und schaut herüber. Seine Augen bewegen sich. Lina zeigt mit dem Zeigefinger auf das Wort. Er hört auf zu schaukeln und Lina hat den Eindruck, dass seine Augen endlich etwas sehen. Für einen Moment glaubt sie, er lächelt. Schließlich steht er auf und kommt zu ihr, mühsame Bewegungen, so wie Lina sie nur von alten Menschen kennt.

Dann legt er eine Hand an die Scheibe und spreizt alle Finger. Schnell stellt Lina die Tafel auf den Boden und legt ihre Hand auf seine. Dort stehen sie nun, mehr als nur einen Augenblick, zwei magere Gestalten, zwischen ihnen die Trennwand aus Glas, die Handflächen übereinander. Das Glas beschlägt von ihrem Atem.

Und wenn man genau hinhört, so hört man Lina sagen:

„Winfried, du darfst niemals aufgeben! Du darfst die Hoffnung niemals aufgeben!"

Ganz aufmerksam, so wie Kinder eben sind, wenn sie etwas wissen wollen, schaut er auf ihre Lippen.

Er nickt.

Schließlich wendet er sich ab, tritt rückwärts ein paar Schritte von der Scheibe zurück, hebt seinen Arm und winkt wie jemand, der sich verabschiedet.

Kapitel 20

Frühjahr 2020

Mittlerweile war es so warm, dass Lina ihre Jacke auszog und über die Stuhllehne hängte. Auf der Terrasse im Halbschatten der Akazie war es angenehm, selbst in den Sommermonaten, die von Jahr zu Jahr heißer und unerträglicher wurden. Schon jetzt, zu Beginn des Frühlings, tummelten sich bereits viele Bienen in dem Baum. Immer wieder fielen kleine Blütenteile herunter. Juna zupfte sie aus ihrem Haar.

„Was aus Winfried geworden ist, weiß ich nicht. Am nächsten Morgen durfte ich wieder in das alte Zimmer zurück. Aber die Nacht davor war schlimm. Sobald ich die Augen schloss, sah ich meine Mutter im Schneegestöber auf dem Balkon und ihren traurigen Blick. Schnee war nicht mehr nur mit Freude verbunden, sondern bekam eine zweite Bedeutung. Schnee, das war nun auch der Blick meiner Mutter, die wegen mir frieren musste und dieses unerträgliche Gefühl in meinem Innern.
Ich fühlte mich schuldig, ohne schuldig zu sein. Und ich hatte keine Möglichkeit, meiner Mutter irgendetwas zu sagen oder von ihr ein erlösendes Wort zu hören. Ständig ging mir der Gedanke durch den Kopf, dass sie sich fragte, warum ich ihr das angetan habe.
Immer war diese Scheibe im Weg.
Ihr trauriger Blick.
Die Glaswand.

Die Unmöglichkeit, irgendetwas zu erklären und auf Verständnis zu hoffen.
Dabei war doch ich diejenige, der man etwas angetan hatte.
Ich war verdammt zu Einsamkeit und Sprachlosigkeit. Dabei hätte ich nichts mehr gebraucht als ein liebes Wort."

"Langsam wird auch mir warm."
Juna warf die Decke auf den Rasen, die sie um sich gelegt hatte.
"Oma, manchmal weiß ich nicht, was ich sagen soll. Ich habe Angst, die falschen Worte zu benutzen. Doktor Greifer hatte es bestimmt nur gut gemeint. Aber man kann das Richtige tun und gleichzeitig das Falsche. Er wollte nur helfen, indem er dich in das Nebenzimmer von Winfried ziehen ließ. Dass diese Entscheidung fatal war, hat er erst hinterher erkannt. Zum Glück hat er dich dann wieder in das andere Zimmer gelassen."
"Ja. Da hast du Recht. Er hat es gut gemeint. Wer weiß, wie es für ihn war? Mit einer Krankheit konfrontiert zu sein, die man nicht kennt, das ist wie Schattenboxen. Du kannst froh sein, wenn du einen Körper hast, der auf die übliche Art und Weise funktioniert, der nur bekannte Krankheiten hervorbringt, die schon in den Lehrbüchern beschrieben sind. Sobald du Beschwerden hast, denen nicht sofort eindeutige Diagnosen zugeordnet werden können, hast du verloren. Es ist wie nächtliches Treiben auf dem Meer in einem kleinen Boot und du hoffst, dass zufällig ein Schiff vorbei kommt und dich jemand auffischt."
"Fürchterlich! Hat man eigentlich jemals herausgefunden, was das für eine Krankheit war?"
Wieder zupft Juna einzelne Blüten aus ihrem Haar.
"Nein. Jahrzehnte später sprach ein Arzt seine Vermutung

aus. Aller Wahrscheinlichkeit nach handelte es sich um das Lyell-Syndrom, eine seltene Erkrankung. An der Stelle gibt es zwei Probleme. Das eine Problem besteht darin, dass man eine seltene Erkrankung hat. Das andere Problem besteht darin, dass man eine Krankheit hat, die noch nirgendwo beschrieben wurde oder nur wenigen Medizinern bekannt ist."

„Dann ist es wohl besonders übel, wenn man eine Krankheit bekommt, die noch nicht beschrieben wurde und zugleich selten ist."

„Du bist klug, meine Liebe!"

„Tja, ich bin eben das Kind deiner Tochter", entgegnete Juna schlagfertig.

„Mittlerweile gibt es eine Vereinigung, die sich um Menschen mit seltenen Erkrankungen kümmert."

„Ich schaue nachher bei Google nach."

„Diese Vereinigung nennt sich ACHSE. Falls du dir Fotos vom Lyell-Syndrom ansehen willst, da muss ich dich warnen. Die sehen ganz übel aus. So! Und jetzt Schluss damit! Lass uns einen Kaffee machen! Zeit für eine Zwischenmahlzeit."

Wieder fielen Blüten aus der Akazie. Ein Eichhörnchen flitzte über die Äste.

„Sehr gern. Ich habe auch schon wieder ein bisschen Appetit."

„Was möchtest du denn für einen Kaffee?"

„Ist noch Linitio da?"

„Ja, noch genug."

Lina nahm die beiden Tassen vom Tisch und sie gingen in die Küche. Das typische Geräusch der Nespresso-Maschine würden sie aus großer Entfernung und unter vielen anderen Geräuschen heraushören.

„Prima! Ich mache schon mal heiße Milch. Oma, was

nimmst du für einen Kaffee?"

„Arpeggio. Ich brauche jetzt einen stärkeren Kaffee."

„Wir können die Brötchen ja in der Küche fertig machen und dann rüber gehen aufs Sofa."

„Na klar. Was möchtest du denn drauf haben?"

„Gerne Nutella mit Quark."

„Nehme ich auch."

Sie lachten.

„Meine Oma wieder! Dass du so etwas immer noch magst!"

„So etwas verliert sich doch nicht."

„Das ist ein schöner Satz. Der gefällt mir."

Überrascht blickte Lina zu ihrer Enkelin.

„Der Satz gefällt dir? So etwas habe ich ja noch nie gehört."

„Siehst du mal! Da kannst du selbst in hohem Alter.... Oh, sorry! Ich meine, da kannst du selbst als reife Frau noch eine neue Erfahrung machen."

Lina lachte los.

„Willst du dir den Satz vielleicht aufschreiben?"

„Auf jeden Fall!"

Sie klopfte ihrer Großmutter auf die Schulter.

„Im Wohnzimmer liegen Kugelschreiber und Papier."

„Ich werde jetzt anfangen, schöne Sätze zu sammeln und besondere Wörter und, hm, seltene Wörter. Ich widme mich ab jetzt dem Seltenen."

Nach einer kurzen Pause fügte Juna hinzu:

„Vielleicht schreibe ich irgendwann ein Buch über dich. Natürlich nur, wenn ich darf."

„Ups! Das muss ich mir erst noch überlegen. Aber du kannst ja trotzdem schon mal Sätze sammeln, die dir besonders gefallen."

Im Wohnzimmer schrieb Juna sofort den Satz auf einen Zettel: 'So etwas verliert sich doch nicht'.

Dann setzten sie sich mit Brötchen und Kaffee ins Wohnzimmer. Juna holte noch schnell die Decke aus dem Garten und breitete sie auf dem Sofa aus.

„Falls ich kleckere."

„Sehr umsichtig von dir."

Lina holte aus der Schublade unter dem Tisch Servietten und reichte sie Juna.

„Sag mal, gibt dieser Hanno jetzt eigentlich Ruhe?"

„Wie kommst du denn jetzt auf ihn?"

„Nur so."

Juna sah ihrer Großmutter an, dass das nicht stimmte.

„Nur so, sagst du. Das kann ich kaum glauben."

„Ganz schön heiß, der Kaffee. Aua!"

„Nicht ausweichen, Omilein."

Lina schmunzelte und stellte den Teller und das angebissene Brötchen auf den Tisch.

„Ich habe gerochen, dass er hier war. Kürzlich abends habe ich seinen Geruch vor der Haustür wahrgenommen."

„Du willst mich wohl veräppeln", gab Juna lachend zur Antwort.

„Aber nein! Es roch nach Cool Water, Zigarettenrauch und Waschmittel und zwar von einer Sorte, die wir nicht benutzen. Es war genau die Kombination von Gerüchen, die immer durchs Haus schwebte, wenn er dich besucht hatte."

Vor Schreck verschüttete Juna Kaffee, als sie die Tasse zu zum Mund führte. Schnell stellte sie die Tasse wieder auf den Tisch.

„Er war hier? Scheiße! Ich habe ihn blockiert, wie du weißt. Aber er hat mich dann mit einem anderen Handy angeschrieben."

Mit einer Hand wischte sie über den Kaffeefleck auf ihrer Jeans.

„Was wollte er?"

Wird Zeit, dass er eingebuchtet wird, überlegte Lina.

„Mich sehen."

„Und?"

„Ich kann dir den Chatverlauf zeigen."

„Ja, zeig mal!"

Juna zog ihr Handy aus der Tasche und öffnete WhatsApp.

„Hier, schau! Du kannst schon mal lesen. Ich gehe kurz ins Bad und wasche den Fleck aus der Hose."

Als Profilbild hatte Hanno die Blues Brothers gewählt.

Hanno:

Hey, meine Hübsche! Lange nichts voneinander gehört. Geht's dir gut? Ich mache mir Sorgen um dich.

Juna:

Alles in Ordnung. Ich möchte nur den Kontakt nicht mehr.

Hanno:

Aber warum denn? Ich habe doch gar nichts gemacht. Habe ich dich mit irgendetwas verärgert?

Juna:

Ich habe dir doch geschrieben, dass Schluss ist. Und ich habe viel für die Schule zu tun.

Hanno:

Du hast doch jetzt nicht mehr zu tun als vorher. Ich möchte dich gern wiedersehen.

Juna:
Ich sagte doch, dass ich keine Zeit habe.

Hanno:
Das glaube ich nicht. Ich wusste gar nicht, dass du so kalt sein kannst. Hätte ich nicht von dir gedacht. Ich wollte dir übrigens dein Geld zurückgeben.

Juna:
Aha.

Hanno:
Na, sag schon, wann soll ich vorbei kommen? Wann ist es günstig? Du verstehst schon…   ;-)

Juna:
Gar nicht.

Hanno:
Was heißt das? Dass du nicht verstehst? Du verstehst mich gar nicht?

Das war die letzte Nachricht im Chat. Sein letzter Satz zielte darauf ab, sie im Dialog zu halten. Er wollte sie verstricken, in Widersprüche verwickeln, um einen Fuß in die Tür zu bekommen. Manipulativ und ohne Rücksicht auf die Grenzen und Bedürfnisse von Juna. Von Hanno ging eine Gefahr aus und Lina spürte, dass das, was er bisher von sich gezeigt hatte, nur ein Teil seiner Pathologie war.

Juna kam mit einem großen nassen Fleck auf dem Hosenbein zurück.

„Wie siehst du denn aus? Zieh die Jeans aus! Ich hänge sie zum Trocknen ins Bad und bringe dir eine Jogginghose von mir."

Juna pellte sich aus der Hose. Auf dem Oberschenkel erschien ein dunkelblauer Fleck.

„Was ist das denn für ein Fleck auf deinem Bein?"

„Die Hose färbt noch ab, wenn sie nass wird. Sie ist neu."

„Wirklich einmalige Qualität!"

Kopfschüttelnd nahm Lina die Jeans und hängte sie im Badezimmer über die Duschtasse.

Als sie zurückkam, lag Juna auf dem Sofa und las sich die Nachrichten von Hanno durch.

„Hier, die kannst du anziehen!"

Lina reichte ihrer Enkelin eine schwarze Sporthose von Adidas.

„Danke."

„Hanno ist auf geschickte Art penetrant."

„Ich wusste nicht, was ich noch antworten sollte. Ich fühlte mich zunehmend in die Ecke gedrängt."

„Das kann ich mir vorstellen! Dein Gefühl reagiert genau richtig. Er manipuliert dich. Er hofft, dass du dich dagegen wehren möchtest, als kalt hingestellt zu werden und dich dann darauf einlässt, dich mit ihm zu treffen. Hanno spekuliert darauf, dass Mädchen als freundlich und ver-ständnisvoll wahrgenommen werden wollen. Und falls das nicht die gewünschte Wirkung erzielen sollte, schießt er noch einen Pfeil hinterher. Er ködert dich mit dem Geld, denn er nimmt an, dass du es zurück haben möchtest."

„Was mache ich denn jetzt?"

Nervös rutschte Juna auf dem Sofa hin und her.

„Hast du eine Zigarette für mich?"

„Die Geschichte wächst dir über den Kopf, stimmt's?"

Juna fuhr sich mit beiden Händen durch ihr langes, braunes Haar.

„Mein Mädchen, ich gebe dir einen Tipp und der gilt nicht nur für die Geschichte mit Hanno, sondern für alle weiteren Episoden, in die du jemals hineingeraten solltest. Wenn jemand ein Spiel mit dir spielt, das du nicht spielen willst, dann spiel es einfach nicht. Ich gebe dir ein Beispiel. Stell dir vor, jemand will Schach mit dir spielen..."

„Ja, okay."

„Gut. Also jemand zieht dich in ein Schachspiel hinein, aber du willst das gar nicht. Stell dir das bildhaft vor. So! Und nun, bitte bleib in dem Bild, kippst du das Schachbrett einfach um und gehst."

„Das Schachbrett umkippen und gehen..."

Juna sprach die Worte auffallend langsam, als wolle sie diese besonders gut im Gedächtnis verankern. Sie würden in eine wertvolle Schachtel in ihrem Gedächtnisraum abgelegt werden mit der Aufschrift: Wichtig. Bei Bedarf sofort anschauen!

„Wenn dir ein Mensch nicht gut tut, dann darfst du einfach gehen. Du musst es auch nicht erklären, wenn du nicht willst. Das einzig Wichtige ist, dass du es für dich selbst verstehst. Dreh dich um und geh!"

Leise wiederholte Juna: "Für dich selbst verstehen."

„Weißt du, manchmal will der andere dich nicht verstehen in der Hoffnung, dass du dadurch gebunden bleibst, weil er hofft, dass du dich nur im Einvernehmen trennen kannst."

„Du meinst, es gibt Menschen, die absichtlich so tun, als verstehen sie dich nicht?"

„Oh, ja! Die gibt es. Von solchen Menschen musst du dich unbedingt fernhalten. Meide ganz besonders Menschen, die weder Mitgefühl noch Reue zeigen und sich damit rühmen,

furchtlos zu sein."

"Wie erkenne ich sie?"

"Ihnen gut zuhören. Darauf achten, wie sie mit dir umgehen. Beobachten, wie sie mit anderen umgehen. Wachsam sein. Deine Menschenkenntnis wächst mit den Jahren. Und außerdem kannst du stets deine Oma um Rat fragen."

"Danke! Das ist lieb von dir."

"Ich hätte jetzt Lust auf eine Zigarette. Lass uns einen Moment auf die Terrasse gehen. Was sagt denn Mama eigentlich dazu, dass du rauchst?"

Juna stand vom Sofa auf und reckte sich.

"Mama? Ich bin kein Kleinkind mehr. Das kann ich wohl selbst entscheiden."

Lina schmunzelte. Sie kannte all die Argumente, die Juna hervorbringen könnte. Nur zu gut erinnerte sie sich an ihre eigene Jugend.

"Und, weiß sie es?"

"Aber ja! Sie hat den gleichen Riecher wie du. Nur, sie erzählt mir dann immer sofort etwas von COPD und wie schlimm es ist, wenn man keine Luft mehr bekommt."

"Das ist auch schlimm."

"Oma, du rauchst doch auch."

"Aber nur ab und zu."

"Na, siehst du mal! Ich rauche auch nur ab und zu."

"Ist schon okay! Du musst mich nicht überreden. Wir gehen jetzt nach draußen und dampfen eine. Geh schon mal vor!"

Während Lina die Schublade der Kirschholzkommode öffnete, ein Erbstück ihrer Eltern, um die Packung Lord Extra heraus zu nehmen, wanderten ihre Gedanken weit in die Vergangenheit zurück. Sie dachte an ihre Eltern, Junas Urgroßeltern, die sie nicht mehr kennengelernt hatte. Sie waren beide lungenkrank, obschon nur der Urgroßvater geraucht hatte. Aber die Urgroßmutter hatte täglich passiv mitgeraucht. Rauchen galt damals als vornehm.

Man rauchte zu jeder Gelegenheit, besonders gern, wenn die Familie beisammen saß und man Karten spielte. Der Aschenbescher füllte sich und wurde geleert und füllte sich abermals, ebenso wie die Kaffeekanne und später dann zu fortgeschrittener Stunde die Gläser mit dem Bier für die Männer und dem Wein für die Frauen.

Die Rauchwolke, die das Zimmer erfüllte, störte niemanden. Ab und zu, wenn jemand daran dachte, wurde ein Fenster geöffnet, im Winter eher selten. Gemeinsam atmete man den Rauch ein und wieder aus und wieder ein und wieder aus.

COPD kannte niemand und Aerosol hätte man vielleicht für den Namen eines Deos gehalten oder für ein Spray auf der Toilette, mit dem man unangenehme Gerüche überdecken konnte.

Damals dachte man sich nichts dabei, wenn man Karten spielte und sich aufgehoben fühlte in familiärer Runde, eingehüllt in die gemeinschaftlich erschaffene Wolke.

Man rauchte, trank und war glücklich - und unwissend.

Lina nahm die Zigaretten und ein Feuerzeug aus der Schublade. Sie schaute zum Fenster und sah Juna auf der Terrasse. Sie hatte die Kaffeetassen mit nach draußen genommen. Ob sie wirklich nur ab und zu raucht? Wie oft ist das eigentlich – ab und zu?

Kanzler Schmidt hatte viel geraucht und er war sehr alt geworden. Hatte eben Glück gehabt! Aber was wissen wir denn von seinen Nächten? Wie viel Luft hatte er nachts im Liegen bekommen?

Sollte Lina ihrer Enkelin von der Krankheit der Urgroßeltern erzählen? Von den verschiedenen Arten der Atemnot?

Ersticken hat viele Gesichter. Da gibt es das nächtliche Hochschrecken in höchster Atemnot und es fühlt sich an, als hättest du einen Atemstillstand gehabt. Panikartig schnellst du hoch und schnappst nach Luft. Oder du kannst erst gar nicht einschlafen, weil ununterbrochen zäher Schleim durch deine Atemwege bis in den Hals kriecht. Es fühlt sich an, als würdest du in deinem eigenen Schleim ertrinken.

Und dann gibt es noch eine weitere Art der Luftnot, sogar ganz ohne Schleim und Abhusten, dem Wesen nach besonders perfide und heimtückisch.

Der Atem fließt frei und doch bekommst du nicht genug Luft. Du atmest tief ein, aber es bleibt immer der Eindruck, dass nicht genug Sauerstoff ankommt. Es ist einfach nie genug.

Zögernd reichte Lina ihrer Enkelin die geöffnete Packung. Geschickt zog diese eine Zigarette heraus. Und dann saßen sie beide dort, auf der Terrasse, mit der Sonne im Gesicht, schweigend, eine Zigarette lang.

„Hast du eigentlich inzwischen Mama von Hanno erzählt?"
„Nein. Noch immer nicht."
„Mama wäre bestimmt total sauer auf mich."
„Vielleicht. Eher vermute ich allerdings, dass sie sich Sorgen machen würde. Wahrscheinlich wittert sie längst etwas und weiß nur nicht, worum es geht."
„Könnte gut möglich sein. Ich muss jetzt langsam mal nach oben. Schulaufgaben warten."
„Ja, mach' das!"

Nachdem Lina ihre Enkelin verabschiedet hatte, legte sie sich mit ihrem Smartphone auf das Sofa und las die neusten Nachrichten zur Corona-Krise. Eine Gruppe von acht Leuten habe unerlaubt zusammengestanden und sich unterhalten. Ordnungshüter hätten sie gesichtet, doch die acht Personen seien geflohen, um dem Bußgeld zu entkommen.

Noch nie war es so einfach, straffällig zu werden. Noch nie musste man auf der Flucht sein, nur weil man mit ein paar Menschen zusammenstand.

Solch eine Nachricht hätte man vor ein paar Wochen, vor dem Ausbruch der Pandemie, überhaupt nicht verstanden. Sie erinnerte sie an Orwells Roman '1984'. Der Artikel, den sie soeben gelesen hatte, klang wie eine Episode aus einem Überwachungsstaat. Überall wurde man jetzt beobachtet, ob man ausreichend Abstand hielt, ob man auch nicht mit zu vielen Personen unterwegs war, ob man Mundschutz trug, ob man hustete oder nieste oder ob man sich vielleicht ins Gesicht fasste, was man wegen der Infektionsgefahr schließlich auch nicht tun sollte.

Die Älteren fingen an aufzubegehren, denn sie wollten die geringe Zeitspanne ihres Lebens nicht in Einsamkeit verbringen, allein zu Hause, nur mit Blick aus dem Fenster oder in den Fernseher.

Lina betrachtete ein Foto, auf dem vier hochbetagte Frauen eng auf einer Bank zusammensaßen. Davor standen drei Männer, die ebenfalls nicht den Mindestabstand von anderthalb Metern einhielten.

Lina klickte die Nachrichten weg und loggte sich bei Twitter ein. Direkt zu Beginn ein Hinweis auf Corona. Sie wusste, wenn sie hierauf tippen würde, kämen weitere Informationen. Sie scrollte jedoch weiter und blätterte durch ihre Timeline. Lange Zeit verweilte sie bei den Fotografien, die einige ihrer Follower eingestellt hatten.

Es waren wundervolle Bilder, manche impressionistisch, andere minimalistisch, wieder andere waren Schwarz-Weiß-Fotografien oder Naturaufnahmen. Bilder von Menschen in bestimmten Situationen, verewigte Momente. Interessante Perspektiven von Gebäuden, einmalig die Darstellung von Licht und Schatten.

Die Bilder hatten etwas Künstlerisches. Sie brachten besondere Stimmungen eindrucksvoll zum Ausdruck auf eine je eigene Art und Weise.

Die Fotografien waren inspirierend. Sie rührten etwas in Lina an und sie fühlte eine besänftigende Wirkung, die von ihnen ausging.

Sie war sich sicher, dass sie heute ausnahmsweise nicht das Corona-Update von Professor Drosten anschauen würde. Der Abend sollte coronafrei sein. Im Gegensatz zu früher, der Zeit vor Corona, empfand sie nicht die geringste Lust, sich ins Auto zu setzen und in einem gemütlichen Restaurant zu Abend zu essen. Es wäre eh vergeblich gewesen.

Denn die Restaurants hatten wegen der Pandemie schließen müssen. Einige boten Speisen zum Mitnehmen an. Irgendwo nett einkehren und gemütlich etwas Leckeres essen, das war nicht möglich.

Und so legte sie irgendwann ihr Handy zur Seite, denn ihre Arme waren mittlerweile schwer geworden vom Hochhalten. Sie ging in die Küche, schaltete das Licht an und schaute in den Eisschrank. Sie zog eine Tupperdose mit gefrorener Tomatensuppe heraus, erhitzte sie in der Mikrowelle und setzte sich zum Essen ins Arbeitszimmer an ihren Schreibtisch. Als sie gerade die Nachrichten auf ihrem Handy lesen wollte, klingelte es.

Es war ihr Kollege Frank König.
Sie nahm den Anruf entgegen.

Lina:
„Hallo Frank, was gibt's?"

Frank:
„Ich habe Neuigkeiten. Wir haben Hanno Fischer festgesetzt. Vermutlich wird er über eine längere Zeit einsitzen. Da gibt es noch ein paar Vorstrafen wegen Körperverletzung aus den letzten Jahren."

Lina:
„Das wurde auch Zeit. Sag mal, hat er Verbündete?"

Frank:
„Wir vermuten, dass er Komplizen hat. Er rückt allerdings nicht mit der Sprache heraus. Auf seinem Computer haben wir zahlreiche Fotos von jungen Mädchen gefunden. Viele Bilder sind offensichtlich in ein und derselben Location entstanden, denn du erkennst immer denselben Hintergrund, eine Bildtapete mit Strand und Sonnenuntergang und auf manchen Bildern sieht man ein Fenster mit Blick ins Grüne. Beim Vergrößern der Fotos erkennst du ein Windspiel im Garten, ein Windrad in der Form einer großen Blume in den Farben Gelb, Grün und Orange. Wir nehmen an, dass Hanno Fischer dort eine Zweitwohnung hat. Er muss einen weiteren Aufenthaltsort haben. Aber wir wissen nicht, wo das ist. Er schweigt. In seiner Wohnung sind die Bilder jedenfalls nicht entstanden."

Lina:
Wahrscheinlich sind sie in seinem sogenannten Domizil entstanden.

Frank:
Das ist gut möglich.

Lina:
Es soll irgendwo in einem 'Busch' sein.

Frank:
Tja. Wo auch immer das ist.

Lina:
Juna hat auch keine Idee.

Frank:
Ich auch nicht.

Lina:
Es ist vielleicht nur eine Umschreibung für etwas.

Frank:
Vielleicht sollte ich einfach mal 'Busch' bei Google eingeben.

Lina:
Ich glaube nicht, dass das 'was bringt.

Frank:
Soll ich mir vielleicht eine Hütte im Wald vorstellen, oder was?

Lina:
Mir fällt momentan auch nichts Gutes ein.

Frank:
Naja, ich werde ihn mir jedenfalls nochmal vorknöpfen.

Lina:
Mach das!

Frank:
Da gibt's übrigens noch etwas. Wir haben seine Chatverläufe bei WhatsApp durchforstet. Er treibt sein Unwesen nicht nur in Nordrhein-Westfalen. Wir haben Adressen von jungen Mädchen auch aus Rheinland-Pfalz, Niedersachsen und Hessen. Immer dasselbe Muster. Fotos und Erpressung.

Lina:
Ich werde nochmal mit Juna sprechen. Vielleicht fällt ihr ja doch noch etwas ein.

Frank:
Gute Idee.

Lina:
Hast du jetzt nicht endlich Feierabend?

Frank:
Doch. Ich mache jetzt Schluss. Ich wünsche dir noch einen schönen Abend.

Lina:

Danke. Das wünsche ich dir auch.

Sie legte das Handy zur Seite und holte ein Erdinger Weißbier, alkoholfrei, aus dem Kühlschrank. Langsam ließ sie das Bier ins Glas laufen. Es sollte nicht zu stark aufschäumen, aber zum Schluss doch eine kleine Schaumkrone bilden. Sie setzte sich wieder an den Schreibtisch und löffelte ihre Tomatensuppe, mittlerweile zwar kalt, aber das störte sie nicht. So passte sie besser zu dem kalten Getränk. Sie schaute zum Fenster, doch sah sie nur ihre eigene Spiegelung. Erneut nahm sie das Handy zur Hand, koppelte es über Bluetooth mit einem Lautsprecher und rief bei YouTube das Lied 'Nightcall' von London Grammar auf.

Die tiefe, melancholische Stimme der Sängerin faszinierte sie. In der traurigen Klangfarbe kam etwas Sehnsüchtiges zum Ausdruck, das sie berührte.

Schließlich schlich sich die Liedzeile aus einem anderen Lied in ihre Gedanken:

"I guess, it's just a feeling."

Eurythmics, 'This City Never Sleeps'. Lina erinnerte sich an den Spielfilm, in dem sie das Lied zum ersten Mal gehört hatte. Jahrzehnte waren seitdem vergangen. Mickey Rourke und Kim Basinger in den Hauptrollen von '9 ½ Wochen'. Wer hatte den Film damals nicht gesehen? Er war Stadtgespräch, wochenlang.

Linas Erinnerungen hatten ihre Aufmerksamkeit von 'Nightcall' abgelenkt. Sie tippte auf Repeat, um das Lied noch einmal von Anfang an zu hören und sich auf das Video zu konzentrieren.

Zu Beginn des Videos saß die Sängerin, Hannah Reid, auf einer Schaukel in der Dunkelheit, unbewegt, eine einsame Anmutung. Und jedes Mal wurde Lina an Effi Briest erinnert. Es war eine Ewigkeit her, dass sie dieses Buch in der Schule gelesen hatte. Doch die Schaukel, Effis Einsamkeit, den gefühlskalten Ehemann und den Namen des Apothekers Gieshübler hatte sie ebenso wenig vergessen wie die Redewendung 'ein weites Feld' und dass die Geschichte ein tragisches Ende genommen hatte.

Erneut tippte Lina auf den Pfeil nach links, um das Lied noch einmal zu hören.

Und wieder und wieder und wieder.

Immer wieder, sobald es zu Ende war.

Adrian hätte jetzt gelächelt.

Lina hätte dann zu ihm gesagt:

„Da musst du jetzt durch, okay? Aber es gibt ja Schlimmeres."

Und er hätte geantwortet:

„Ist schon okay. Ich komme klar."

Spätestens nach dem dritten Mal hätte Lina mitgesungen, so wie jetzt.

„I'm giving you a nightcall
To tell you how I feel..."

Hannah Reids Stimme passte hervorragend zu dem Lied. Der Text warf allerdings Fragen auf.

Jemanden nachts anzurufen, um zu sagen, wie man sich fühlt, auf die Idee war Lina bisher nie gekommen. Doch diese Vorstellung hatte etwas Reizvolles.

„I´m gonna tell you something
You don´t want to hear."

Wovon sprach sie? Wen meinte sie?
Was für eine Vorstellung, jemanden nachts anzurufen,
wahrscheinlich aus dem Schlaf zu reißen, um demjenigen
dann etwas zu sagen, was er nicht hören will.
Lina schüttelte den Kopf, nahm einen Schluck von ihrem Bier
und stellte das Glas wieder auf den Tisch. Es hatte bereits
einen feuchten Abdruck auf dem Schreibtisch hinterlassen.
Sie wischte den nassen Kringel mit einem Taschentuch fort.

„There´s something inside you boy
But you´re still the same."

Was auch immer damit gemeint sein mochte, es war ein
Rätsel. Als seien die Zeilen für einen Insider geschrieben,
der sie als Einziger interpretieren konnte.
Vielleicht eine Liebesgeschichte, eine zerbrochene Liebe?
Mit diesem Lied könnte die Schreiberin eine Nachricht an
ihren Freund schicken, der für sie vielleicht nicht mehr
erreichbar war. Im Radio würde er das Lied hören. Er
würde es auf YouTube finden und erfahren, wie sie sich
fühlte.

Auch das Video war ein Mysterium.
Vielleicht wieder eine Botschaft an einen Insider?
Das Bemerkenswerte war allerdings, dass Musik und
einzelne Zeilen einen emotional erreichten, obwohl der
Inhalt in seiner Gesamtheit keinen schlüssigen Sinn ergab.
Wir entnehmen uns jene Liedzeilen, die für unser eigenes

Leben eine Bedeutung haben.

Nachdem Lina 'Nightcall' zehnmal hintereinander gehört hatte, rief sie ein Lied von Santana auf. Die Band war auch in ihrer Playlist enthalten.
In dem Lied 'Smooth' heißt es: "Out from the barrio you hear my rhythm on your radio..."

Oft schon hatte Lina über diesen Satz nachgedacht. Zu gern hätte sie den Sänger dazu selbst befragt.
Ob er eine schöne Frau, die er kannte, damit meinte? Die Zeile schmeckte nach Leidenschaft. Sie war wie ein Ruf. Ob er gehört wurde? Ob er erhört wurde? Saß die schöne Unbekannte irgendwo in einem Café oder bei Freunden oder war sie vielleicht zu Hause und hörte zufällig dieses Lied im Radio, womöglich beim Staubwischen? Plötzlich würde sie aufmerken, zum Radio laufen und die Musik lauter stellen. Überrascht würde sie feststellen, dass es von ihr handelte.
Und dann, was würde sie tun, wenn sie das Lied auf sich bezöge?

*Was würden **Sie** denn tun?*

Kannte sie den Text vielleicht schon vorher? Oder beschrieb das Lied lediglich eine Phantasie, einen Tagtraum, geboren in der Hitze des Hochsommers?

Lina bedauerte, keine Antwort zu finden. Sie verspürte noch etwas Appetit. Die Tomatensuppe hatte nicht ausgereicht. In der Küche fand sie noch ein Rosinenbrot. Sie belegte eine Scheibe Brot mit Käse und setzte sich wieder ins Wohnzimmer.

Erneut hörte sie 'Nightcall'. Sie dachte an Adrian und daran, wie lange sie gebraucht hatte, um den schlimmsten Schmerz zu überwinden. Lange Zeit hatte sie nur selten das Haus verlassen. Das Fahrrad verstaubte in der Garage und auch sonst hatte sie all jene Orte gemieden, die sie früher gemeinsam besucht hatten. Das Interesse an Kino, Cafés und Kabarett war für viele Monate erloschen. Tage der Verzweiflung und des Lebensüberdrusses wechselten ab mit Tagen, an denen sie plötzlich und unerwartet eine Andeutung von Leichtigkeit empfunden hatte. Als dann irgendwann in seltenen Momenten ein Gefühl von Freude aufblitzte, Freude über einen Spaziergang mit Charlotte oder Freude, weil Charlotte für sie gekocht hatte, da fühlte sie sich schuldig. Es kam ihr vor wie Verrat.
Am liebsten hätte Lina das Haus nicht mehr verlassen.

Wäre die Corona-Pandemie schon 2018 ausgebrochen, so hätte sie ihr damals ein unschlagbares Alibi geliefert.

Stay at home!

Kapitel 21

Frühjahr 2020

Seit Adrians Tod waren nun zwei Jahre vergangen.
Die Frage, wie lange sie noch leben müsste, bis sie endlich wieder mit ihm vereint sein könnte (eine absurde Idee), war allmählich in den Hintergrund getreten. Der Schmerz war nicht mehr ganz so vernichtend, doch fort war er nicht. Heimtückisch sprang er sie manchmal unverhofft von der Seite an wie ein Hund, der im Gebüsch lauert und nur auf den Befehl zum Angriff wartet. Es konnte ein Geruch sein oder ein Lied, das die Erinnerung weckte. Und dann war alles wieder da. Das Leben war sinnlos und sie selbst bedeutungslos. Bedeutung für andere zu haben, war eine Vorstellung, mit der sie sich schwer tat. Und aus dieser Tatsache heraus geschah es, dass sie Menschen verletzte, indem sie nicht reagierte und eine Antwort schuldig blieb.

Es war Michael, ihr Schulfreund, der ihr damals sofort eine Karte schickte, nachdem er im Juli 2018 in der Zeitung von Adrians Tod erfahren hatte.
Sie waren gemeinsam auf Klassenfahrten gewesen, hatten dieselben Partys besucht, an lauen Sommerabenden am Ruhrdeich im Gras gesessen und die Zeit vergessen.
Wenn Lina dann spät mit dem Rad nach Hause fuhr, hatte er sie jedes Mal begleitet.
„Es ist zu deinem Schutz", hatte er gesagt, als wäre es seine Aufgabe gewesen, sie vor drohendem Unheil zu bewahren.
Niemals hatte er sich angenähert. Niemals hatte er gefragt,

ob er noch mit hinein kommen durfte. Deshalb hatte sie sich manchmal gefragt, ob er vielleicht homosexuell war. Diesen Gedanken hatte sie jedoch verworfen, denn trotz seiner Zurückhaltung hatte sie dieses minimale Zögern gespürt, ein Aufblitzen von Sehnsucht in seinem Blick, bevor er sich dann vor ihrem Haus von ihr verabschiedet hatte und auf seinem Rad davongefahren war. Jedes Mal hatte er sich noch einmal zu ihr herumgedreht und gewunken, während sie noch immer an der Haustür gewartet hatte, bis er in der Seitenstraße verschwunden war.

Lina hatte die Beileidskarte, die Michael ihr geschickt hatte, auf ihren Wohnzimmertisch gelegt und ihr keine weitere Beachtung geschenkt. In ihrem Denken war die Möglichkeit nicht enthalten, nach so vielen Jahren noch Bedeutung zu haben für einen Mann, den sie als Jugendliche kannte.
Schließlich verschwand die Karte unter einer Zeitschrift und diese Zeitschrift unter einer weiteren Zeitschrift, bis sich ein Stapel aufgehäuft hatte und die Karte in Vergessenheit geraten war. Wochen später wäre sie fast mit dem Altpapier entsorgt worden, wenn Juna nicht aus Interesse eine Zeitschrift aus dem Stapel herausgezogen und dabei die Beileidskarte gefunden hätte.

„Oma, hier ist eine Karte für dich von einem Michael. Wer ist denn das?"
„Ach, wo hast du die denn her?"
„Sie lag hier in dem Zeitungsstapel. Da steht sogar seine Telefonnummer drauf. Hast du mal angerufen?"
„Seine Telefonnummer? Habe ich gar nicht bemerkt. Hm."
„Er schreibt, dass er für dich da ist, wenn du jemanden zum Reden brauchst."

„Ach…."

„Wer ist denn das?"

„Ein Schulfreund. Ist lange her."

„Ein guter Freund oder eher ein Bekannter?"

„Er war ein guter Freund. Damals."

„Vielleicht wäre er gerne wieder dein Freund…"

„Ach, Juna! Ich weiß nicht."

„Soll ich ihn mal anrufen?"

„Und dann? Was sagst du ihm? Dass du meine Enkelin bist und mal 'hallo' sagen willst."

Juna lachte.

„Ja, warum nicht?"

„Es ist soooo lange her."

„Mensch, Oma, es ist zwar lange her, aber irgendwie musst du ihm wohl im Gedächtnis geblieben sein. Oder würdest du jemandem nach so langer Zeit schreiben, wenn er für dich bedeutungslos wäre?"

„Da hast du nicht Unrecht, mein Mädchen."

„Du kannst doch wenigstens schon mal seine Nummer in dein Handy speichern. Vielleicht hat er ja auch WhatsApp."

Lina nickte.

„Okay, du hast gewonnen."

Juna reichte ihrer Großmutter die Karte und schaute ihr über die Schulter, als sie die Telefonnummer von Michael in ihre Kontaktliste eingab.

Es war nicht eindeutig, wer von beiden mehr aufgeregt war, als tatsächlich bei WhatsApp sein Profilbild erschien. Ein Mann, der freundlich lächelte, mit Helm auf einem Fahrrad am See.

„Wow! Der sieht ja richtig gut aus. Sympathisch auch. Omilein, du musst jetzt etwas schreiben!"

„Was soll ich denn schreiben? Es ist doch schon Wochen

her, dass er mir die Karte mit seiner Nummer geschickt hat."

"Ja und? Besser jetzt als nie."

"Bestimmt rechnet er schon gar nicht mehr mit einer Nachricht. Hat mich mit Sicherheit aus dem Gedächtnis gestrichen."

Juna verdrehte die Augen.

"Na klar! Er hat dich nach ein paar Wochen vergessen, nachdem er dich jahrelang nicht vergessen hatte. Oma, finde den Fehler!"

"Ich trau' mich nicht."

"Komm, gib mir dein Handy. Ich schreibe die Nachricht für dich."

Diese Blöße wollte Lina sich allerdings doch nicht geben. Und so schrieb sie ihre erste Nachricht an Michael.

Lina:

Lieber Michael, hab' Dank für deine Karte! Ich weiß, es ist schon eine Weile her, dass du sie geschickt hast. Aber ich war vorher nicht in der Lage. Ich hoffe, es geht dir gut.
Viele Grüße
Lina.

Es dauerte nicht lange, bis eine Antwort kam.

Michael:

Liebe Lina, ich freue mich über deine Nachricht. Ich war mir nicht sicher, ob du dich melden würdest. Es hat mich betroffen gemacht, von Adrians Tod zu lesen und ich habe mich sofort gefragt, wie es dir wohl geht. Nein, ich muss es anders formulieren. Ich habe sofort gedacht, dass es dir schlecht geht und du, so wie du es früher gemacht hast, dich niemandem anvertraust und alles mit dir allein ausmachst.

Für diesen Fall wollte ich dir signalisieren, dass du auf mich zählen kannst, auch nach all den Jahren, die wir verschiedene Wege gegangen sind.

„Oma, was schreibt er? Zeig mal, bitte!"
„Du bist ja gar nicht neugierig", erwiderte Lina schmunzelnd und ließ Juna den Text lesen.
„Du musst jetzt antworten! Das ist ganz wichtig."
„Danke, mein Coach!"
„Bitte, gern geschehen! Man kann eben auch von seinen Enkeln lernen."

Lina:
Vielen Dank für deine lieben Worte! Ich wäre nie auf die Idee gekommen, dass du noch an mich denkst oder ich in irgendeiner Form wichtig für dich sein könnte.

Michael:
Ich weiß. Darum sage ich es dir.

Es vergingen Monate, in denen sie sich nur schrieben, weitere Monate, in denen sie telefonierten und schrieben, bis sich Lina im Herbst 2019 erstmals zu einer Verabredung bereit fühlte.
Sie trafen sich bei Café Bauer in Oberhausen, wo sie damals ab und zu ihre Freistunden verbracht und Apfelpfannkuchen gegessen hatten, bevor sie wieder zum Unterricht mussten.

Michael saß im vorderen Drittel des Cafés mit Blick zum Eingang. Auf dem Tisch lag ein Blumenstrauß, in Folie verpackt. Als Lina zur Tür hereinkam, stand er auf und empfing sie mit ausgebreiteten Armen.

Sie erkannte ihn sofort, nicht nur wegen der Fotos, die sie sich bereits über WhatsApp geschickt hatten. Sie erkannte ihn an seinen Bewegungen, an seinen Gesten, an seiner Mimik und auch an der Art, wie er ihr zuhörte, wenn sie sprach.

Kapitel 22

Frühjahr 2020

Es war einer jener Tage, an denen Lina am liebsten im Bett geblieben wäre. Nicht wegen depressiver Antriebslosigkeit, die jeder Laienpsychologe sofort angenommen hätte, sondern weil ihr die Kraft fehlte. Jede Bewegung fiel schwer, als schwämme Blei und nicht Blut in ihren Adern. Es waren Tage, an denen sie ihren Körper als eine zentnerschwere Last erlebte. Selbst das aufrechte Sitzen war eine Anstrengung, das Treppensteigen eine Qual und meist von Stolpern begleitet. Meistens legte sie sich nach dem Frühstück auf die Couch, obwohl sie nur eine Stunde zuvor das Bett verlassen hatte. Ein Bekannter, ein älterer Mediziner, der sich besonders eifrig als Hobbypsychologe hervortat, vielleicht hatte er mal einen Psychologie-Workshop besucht, war der Ansicht, die Kraftlosigkeit sei Ausdruck irgendeines Konfliktes.

Dabei hatte er völlig übersehen, dass Linas Eisenspeicher fast komplett entleert war. Er starb nicht wenig später an einem Herzinfarkt, obwohl er immer der Ansicht gewesen war, sein Magen sei das Problem. Als Lina eines Tages seine Todesanzeige in der Zeitung las, dachte sie nur, Diagnosen zu stellen, war nicht seine Stärke.

Man kann das eine fokussieren und das andere übersehen. Aber selten ist etwas dämlicher, als immer nur in eine Richtung zu schauen.

Obwohl sie lieber noch geschlafen hätte, quälte sie sich aus dem Bett, machte Frühstück und hoffte auf die Wirkung eines starken Kaffees, die leider ausblieb. Somit legte sie sich nach dem Frühstück auf ihr Sofa, deckte sich mit einer Decke zu und drehte sich zur Wand. Den Tisch hatte sie nicht mehr abgeräumt. Zu groß war die Müdigkeit. Mit dem Gefühl, in einen dunklen, tiefen See zu sinken, schlief sie binnen kürzester Zeit ein.

In ihrem Traum befand sich Lina auf einer weiten, grünen Wiese. Die Sonne stand bereits im Westen. Das Licht wurde milder, die Schatten länger. Die Grillen stimmten ihr Konzert an. Sie fühlte das hohe Gras an ihren nackten Beinen, pflückte ein paar Mohnblumen und schlenderte auf ein Anwesen aus Sandstein zu, das nur wenige Meter von ihr entfernt war und im warmen Abendlicht des Sommers einen unwiderstehlichen Reiz ausübte. Die vielen Sprossenfenster, durch die man Lina hätte sehen können, waren verschattet, teils durch rote Samtvorhänge, teils durch schwarze Lamellen-Jalousien. An der großen zweiflügeligen Eingangstür aus dunklem Holz war ein Flügel geöffnet.

Eine schwarze Limousine fuhr vor und wirbelte Staub auf, der sich nur langsam wieder setzte. Zwei Männer stiegen aus, die trotz der Hitze schwarze Anzüge trugen. Sie schritten die breite Treppe hoch zur geöffneten Tür und verschwanden im Hausflur. Lina schlich heran. Der Wagen interessierte sie nicht. Sie stieg die Stufen empor, umfasste für einen kurzen Augenblick die gusseiserne Klinke, bevor sie das Haus betrat. Es war angenehm kühl in dem Gemäuer und still. Zu ihrer Rechten eine Treppe, die nach oben führte. Von dort waren Stimmen zu hören, leise und unaufgeregt. Doch Lina beabsichtigte nicht, nach oben zu gehen. Sie lief den Flur entlang, barfuß, in der einen Hand die Mohnblumen, in der anderen ihre Schuhe. Kein Geräusch sollte ihre Anwesenheit verraten. Sie bemerkte nicht, dass ein Blütenblatt zu Boden fiel. Von dem Flur gingen zu beiden Seiten mehrere Zimmer ab. Warum sie unbedingt in das letzte Zimmer auf der linken Seite gehen musste, das konnte sie nicht sagen. Wenn sie es erklären müsste, würde sie sagen, es habe sie gerufen. Das würde natürlich niemand verstehen. Deswegen würde sie es auch nicht erklären wollen.

Sie blieb im Türrahmen stehen. Der Raum war verdunkelt. Durch die Lamellen der Jalousien fiel Licht in Streifen auf den Boden. Sie legte die Mohnblumen auf ein antikes Sideboard rechts neben der Tür. Doch die antiken Möbel entlang der Wände interessierten sie nicht. Es war das Licht, das sie verzauberte, das Spiel von Licht und Schatten, und sie fühlte sich eingeladen hineinzugehen, diesen wunderbaren Raum zu betreten.

Sie lief zum Fenster. Mit zwei Fingern schob sie die Lamellen der Jalousie auseinander und konnte in einen großen Garten sehen, als sie plötzlich Schritte hinter sich hörte. Sie drehte sich um. Schwarze Schuhe, schwarzer Anzug, weißes Hemd, dunkle Haare. Zwischen Zeigefinger und Daumen hielt er das Blütenblatt einer Mohnblume.

„Willkommen! Sie haben mich gerufen. Würden Sie mir bitte folgen!"

Verwundert stellte Lina fest, dass sie nicht wusste, ob sie widersprechen sollte. Denn es wäre angebracht, einem Fremden nicht zu folgen, selbst wenn er kultiviert und stilvoll daherkäme.

„Ihnen folgen? Wohin?"

„Wissen Sie das denn nicht?"

„Nein."

„Nach oben. Sie müssen nach oben."

„Was soll ich denn da?"

„Mylady, das wissen Sie selbst am besten."

Seltsam berührt, erwachte Lina und bedauerte, aufgewacht zu sein. Gern hätte sie gewusst, wohin der Traum sie führen würde. Sie nahm einen Schluck Wasser aus der Flasche, die neben dem Sofa auf dem Boden stand. Dann nahm sie das Handy und schrieb ihrer Enkelin, dass sie sich heute nicht in der Lage fühlte, längere Gespräche zu führen. 'Kein Problem', antwortete Juna und versprach, Lina zum Mittag Suppe vorbei zu bringen, damit sie nicht selbst kochen müsse.

Juna und ihre Mutter standen seit dem späten Morgen in der Küche und waren dabei, eine große Portion Gemüsesuppe zuzubereiten. Aufgrund der Corona-Pandemie und der Erfahrung leerer Regale in den Geschäften waren sie zur Vorratshaltung übergegangen und hatten bereits verschiedene Speisen eingefroren. Im Eisschrank stapelten sich Tupperdosen mit Gulasch, Bolognese-Sauce, Grünkohl und Eiscreme für den kleinen Hunger zwischendurch.

In der Zeitung und der Tagesschau wurden täglich die aktuellen Infektionszahlen präsentiert. Arztpraxen waren dazu übergegangen, mit den Patienten per Videochat zu kommunizieren oder mit ihnen zu telefonieren. Einige Ärzte hatten ihre Praxen kurzerhand geschlossen, um sich selbst und die Angestellten zu schützen.

Charlotte schälte gerade Möhren, als ihre Tochter Juna das

Gespräch auf Lina lenkte.

„Mama, hat man eigentlich jemals herausgefunden, was Oma für eine Krankheit hatte als Kind?"

„Ich glaube, nein. Jahre später sagte einmal ein Arzt zu ihr, dass es vermutlich das Lyell-Syndrom gewesen war."

„Ja, Oma sagte das auch. Weißt du etwas darüber?"

„Ganz übel. Große Teile der Haut lösen sich ab. Es wird auch als 'Syndrom der verbrühten Haut' bezeichnet. Die Krankheit kann bakteriell oder medikamentös induziert sein. Ich habe mir dazu Bilder im Internet angeschaut. Sogar ein Video, das ein betroffenes Kind zeigt, habe ich gesehen. Einfach nur grausam."

„Arme Oma!"

„Wenn du magst, zeige ich dir die Bilder."

„Okay."

„Dann machen wir jetzt eine kleine Pause und kochen gleich weiter."

Sie setzten sich an den Küchentisch und Charlotte zeigte ihrer Tochter auf dem Handy entsprechende Fotos. Schnell jedoch bat Juna ihre Mutter, damit aufzuhören.

„Meine Güte, wie fürchterlich!"

„Ja. Schrecklich!"

Charlotte legte das Handy zur Seite und sie gingen wieder an die Arbeit. Juna nahm einen Sparschäler aus der Schublade und bearbeitete die Kartoffeln.

„Gibt es von Oma auch solche Fotos?"

„Gute Frage, mein Kind. Als deine Oma siebzehn war, ist sie zu dem Krankenhaus gefahren und hat um Einsicht in die Akte gebeten. Das hat man ihr verwehrt."

„Wie bitte?"

„Jetzt bin ich ja nur die Tochter deiner Oma. Aber ich schwöre dir, wenn ich die Mutter gewesen wäre, wäre ich

zum Krankenhaus gefahren und hätte denen die Hölle heiß gemacht und zwar so lange, bis sie mir die Akte gegeben hätten! Mit Sicherheit waren Fotos darin!"

Charlotte fuchtelte mit einer angebissenen Möhre in der Luft wie ein Dirigent, der den Takt angibt.

Juna war überrascht, ihre Mutter so in Rage zu sehen. An ihrer Schläfe trat pulsierend eine Ader hervor.

"Juna, ich bin mir sicher, dass sie etwas zu verbergen hatten, oder?"

"Hört sich so an. Aber was?"

"Ich weiß es nicht."

Das Gespräch verstummte.

Charlotte sah aus dem Fenster. Nur vereinzelt waren Fußgänger unterwegs. Manche trugen einen Mund-Nasen-Schutz, obwohl sie keine Begleitung hatten und niemand anders in Reichweite war. Charlotte würde ihnen nicht erklären wollen, warum dies sinnlos war. Manchmal möchte man einfach nicht mehr erklären. Andere wiederum hatten die Maske heruntergeklappt bis unters Kinn und sahen damit aus, als trügen sie einen Tropfschutz oder als hätten sie einen Kinnbart aus Stoff.

"Möchtest du auch einen Kaffee?", begann Charlotte erneut das Gespräch.

"Ja."

"Milchkaffee?"

"Gern."

Während Juna weiterhin Kartoffeln schälte, ließ ihre Mutter den Kaffee durch die Maschine laufen.

"Möchtest du Milch oder Sojamilch?"

"Sojamilch, bitte!"

"Ich auch."

Charlotte holte Sojamilch aus dem Kühlschrank und goss sie

in den Milchaufschäumer.

„Kekse?"

„Sehr gern, Mama."

Charlotte holte Vanillekipferl aus dem Schrank.

„Hat Oma gebacken."

Schließlich widmeten sie sich wieder dem Gemüse, nippten an ihrem Kaffee und aßen Plätzchen.

„Und du meinst, das Krankenhaus hatte etwas zu verbergen?"

„Nun ja, deine Urgroßmutter, also Linas Mutter, hat mir einmal erzählt, dass Oma Lina irgendwann gar nicht mehr reagiert habe. Sie habe nur reglos im Bett gelegen, selbst dann, als ihre Mutter gegen die Scheibe geklopft habe. Wie tot lag sie da und trotzdem durften ihre Eltern nicht ins Zimmer. Vielleicht hatte man ihr Valium gegeben oder sie ins Koma versetzt. Ich habe keine Ahnung."

Charlotte stützte sich auf die Arbeitsplatte und begann zu weinen.

„Mama!"

Juna nahm ihre Mutter in den Arm und weinte ebenso.

„Scheiße!", flüsterte Charlotte.

„Vielleicht haben sie mit Oma im Krankenhaus experimentiert und irgendwelche Medikamente an ihr ausprobiert? Vielleicht hat das mehr Schaden in ihrem Körper angerichtet, als sie angenommen hatten. Wer weiß, welche heutigen Beschwerden mit damals zu tun haben?"

„Was du dir für Gedanken machst! Willst du eventuell nach dem Abitur Medizin studieren?"

„Keine schlechte Idee! Wie sie das alles verkraftet hat? Sie ist eine starke Persönlichkeit."

„Sie ist ungewöhnlich."

Charlotte gab ihrer Tochter einen Kuss auf die Stirn.

„Ja. Und besonders. Besonders ungewöhnlich oder ungewöhnlich besonders", gab Juna zur Antwort.

Charlotte zog ein Taschentuch aus ihrer Hosentasche und schnäuzte die Nase.

„Ja, mein Kind. Deine Oma ist besonders und sie hat ungewöhnliche Fähigkeiten. Manchmal denke ich, dass sie diese bereits im Krankenhaus entwickelt hat, gerade weil sie in Isolation war. Um ein bisschen Abwechslung zu haben, hat sie wahrscheinlich auf jedes noch so winzige Detail geachtet, um sich nicht zu Tode zu langweilen. Damit hat sie ihre Beobachtungsgabe geschult."

Charlotte stellte zwei große Kochtöpfe mit heißem Wasser auf den Herd und löffelte Gemüsebrühe hinein. Als nächstes zerlegte sie den Porree und verteilte ihn auf die Töpfe. Sie liebten den Geruch von frischem Gemüse. Juna schnitt die Cabanossi klein.

„Hat Oma dir denn von ungewöhnlichen Dingen erzählt?"

„Das hat sie, mein Kind, aber nur selten."

„Oh, erzähl! Bin ganz gespannt."

Charlotte rührte in der Suppe.

„Es ist schon länger her. Ich weiß nicht genau, wann das war. Ist ja auch egal. Oma lebte zu der Zeit in einem Mehrfamilienhaus in der dritten Etage. Sie war noch sehr jung zu dem Zeitpunkt. Auf jeder Etage gab es zwei Wohnungen. Eines Tages betrat sie den Hausflur und dachte spontan, der Tod sei anwesend, als röche sie ihn irgendwie. Erschrocken über sich selbst, versuchte sie, dem keine weitere Beachtung zu schenken. Aber das ging zwei Wochen lang. Jedes Mal, wenn sie den Flur betrat, war es ihr, als wittere sie den Tod. Als sie dann die Vermutung hatte, es könnte sich dabei um Herrn Nohl im Erdgeschoss handeln, fragte sie seinen Nachbarn, den sie zufällig vor seiner

Wohnungstür antraf, ob er wisse, wie es Herrn Nohl ginge. Sie habe die Befürchtung, dass er verstorben sei. Der Nachbar war natürlich völlig verdutzt und gab zur Antwort, dass er Herrn Nohl kurz zuvor noch gesehen hatte. Sie hatten miteinander gesprochen. Natürlich lebte er. Wie sie nur auf solch eine verwegene Idee gekommen sei. So ein Unsinn!

Nun, es vergingen nur zwei Tage, als dieser Nachbar bei deiner Oma an die Tür klopfte. Er schaute sie sehr nachdenklich an und erzählte, dass die Polizei Herrn Nohl einen Tag nach ihrem Gespräch tot aus seiner Wohnung geholt hatte. Als deine Oma nachgefragt hatte, ob er noch lebte, da lebte er allerdings noch. Sie hatte eine Ahnung von seinem Tod, bevor er starb."

„Hatte Oma denn vorher Kontakt zu dem Verstorbenen? Wusste sie zum Beispiel, ob er vielleicht krank war?"

„Nein. Sie hatte weder Kontakt zu ihm, noch wusste sie irgendetwas über ihn. Sie spürte es einfach. Sie hatte eine Vorahnung und die begann bereits zwei Wochen vor seinem Tod."

Die Suppe köchelte vor sich hin. Juna gab die Cabanossi hinzu. Charlotte streute Salz und Pfeffer hinein und verrührte alles.

Kapitel 23

Frühjahr 2020

Die Gesellschaft spaltete sich. Die einen befolgten die Corona-Regeln, trugen eine Atemschutzmaske, wenn gefordert und sagten ihre Urlaubsreisen ab. Die anderen wehrten sich, hielten die Maßnahmen für eine unzumutbare Bevormundung durch die Regierung und dachten nicht daran, sich an die Regeln zu halten.

In einem Supermarkt eskalierte die Situation. An der Fleischtheke schlug ein Kunde einem anderen das Steakfleisch ins Gesicht, weil dieser nicht den Mindestabstand eingehalten hatte.

In den sozialen Medien diskutierte man darüber, ob die Schutzmaßnahmen nicht übertrieben seien, ob Kontaktverbote und die Schließung von Schulen, Geschäften, Restaurants und kulturellen Einrichtungen unverhältnismäßig seien. Denn schließlich sei es in Deutschland überhaupt nicht zu der befürchteten extremen Ausbreitung des Virus gekommen.

Dass es eben aufgrund der Schutzmaßnahmen nicht dazu gekommen war, das war nicht jedem verständlich.

Um es zu verdeutlichen, benutzte Lina eindringliche und bildhafte Vergleiche, indem sie zum Beispiel fragte:

„Würden Sie die Deiche an der Nordsee einreißen, nur weil wir in der letzten Zeit keine Flutwelle hatten?"

Manchmal halfen solche Vergleiche, manchmal nicht.

Etwas zu verstehen, bedeutet eben immer, es auch zu wollen.

Das Ziel hieß: „Flatten The Curve!"

Die Schutzmaßnahmen sollten eine exponentielle Ausbreitung des Virus verhindern.

Eine Überforderung des Gesundheitssystems musste unbedingt vermieden werden.

Aus Frankreich hörte man bereits von Triage. Es gab nicht genug Beatmungsgeräte. Der eine durfte überleben, der andere nicht. Ein unerträglicher ethischer Konflikt, ohne Zeit für lange Diskussion. Schnelle Entscheidungen mussten getroffen werden, bei denen man immer zugleich gewinnt und verliert.

„When the battle is lost and won..."(Shakespeare, Macbeth).

Sich selbst für unverwundbar zu halten, war eine der größten Dummheiten. Diejenigen, die sich mit Furchtlosigkeit brüsteten, waren jene, die Gefahren bagatellisierten und sich nicht dafür interessierten, was sie anderen antaten. Sie feierten Corona-Partys und verteilten das Virus.

Juna war fassungslos. Sie kommunizierte weitestgehend über Skype mit ihren Freundinnen. Als einmal eine Freundin zu Besuch kam, bat sie diese, sich im Hausflur die Hände zu desinfizieren. Danach gingen sie sofort nach draußen in den Garten, wo die Stühle weit auseinander standen.

Mittlerweile war es Mai und die Hitze ließ eher an Sommer als an Frühling denken. Die Rhododendren standen in voller Blüte, so auch die Forsythien und Ringelblumen. Und auch die Himbeersträucher zeigten erste kleine Früchte, zwar noch grün und unreif, aber sie versprachen jetzt schon sinnlichen Genuss.

Juna hatte ihre Haare zu einem Zopf gebunden, so dass Lina, die an der Terrassentür stand, die Perlenohrringe sehen konnte, die sonst nur verdeckt waren. Die Freundin kannte Lina nur bei ihrem Spitznamen. Wenn Juna von ihr sprach, sprach sie immer von 'Füchschen', weil sie rote Haare hatte. Lina winkte ihrer Enkelin zu und bat sie zu kommen.

"Wenn ihr so weit auseinander sitzt und deswegen lauter sprecht, kann man euch gut zuhören aus der Entfernung. Macht einfach Musik an, dann hört man nicht mehr, worüber ihr redet."

"Darüber habe ich noch gar nicht nachgedacht."

"Das habe ich vermutet. Darum sage ich es."

"Kannst du mir deinen Lautsprecher leihen, Oma? Dann muss ich jetzt nicht nach oben laufen."

"Warte, ich hole ihn dir."

Den ganzen Nachmittag hörten sicherlich nicht nur Juna, Füchschen und Lina die Musik von Tash Sultana, sondern auch die nähere Nachbarschaft.

Großen Gefallen hatten die Mädels an dem Lied 'Jungle', besonders in der Live-Version. Die E-Gitarre schnurrte, seufzte und schrie.

Wahrscheinlicher war, dass auch die entferntere Nachbarschaft mithören konnte.

Charlotte war offensichtlich nicht zu Hause. Sonst hätte sie längst vom Balkon herunter gerufen, dass Juna die Musik leiser drehen sollte. Und da ihr Vater für längere Zeit auf Montage war, gab es keine Reglementierung.

Lina störte die Musik nicht. Im Gegenteil, die Lieder gefielen ihr ausgesprochen gut. Sie gaben ihr das Gefühl, jung zu sein. Durch ihre Enkelin hatte sie die Musik von Tash Sultana kennengelernt.

Sie war gerade dabei, sie in ihre Playlist zu speichern, als es an der Haustür klingelte.

Es war Michael und er roch so gut und gepflegt wie schon damals. Sein Alter sah man ihm nicht an. Seine Haut war erstaunlich glatt und mit seinen Locken, obwohl schon leicht grau, hatte er noch immer etwas Jugendliches an sich. Er war schlank und er bewegte sich mühelos und geschmeidig wie ein junger Mensch.

In seinen Händen hielt er eine Platte mit Erdbeerkuchen. Selbst gebacken. Mürbeteig und großzügig mit Erdbeeren belegt.

Verblüfft blickte er zu dem Tischchen mit dem Desinfektionsmittel im Hausflur.

Lina kam einer Frage zuvor.

„Komm rein, mein Lieber! Du kannst dir auch gründlich die Hände waschen. Dann musst du nicht desinfizieren."

„Darf ich auch duschen?"

„Wenn du magst. Aber reich mir zuerst den Kuchen", erwiderte Lina schlagfertig.

Sie nahm die Kuchenplatte entgegen und stellte sie in die Küche, während Michael zum Gäste-WC ging, um sich die Hände zu waschen.

„Wer soll das denn alles essen?"

„Wir natürlich", antwortete er, während er seine Hand unter den berührungsfreien Seifenspender mit der Sagrotan-Seife hielt. Früher lag ein Stück Seife am Waschbecken, dachte er. Da hatte man etwas zum Anfassen. Man konnte die Seife in den Händen hin und her bewegen, etwas Festes spüren und zuschauen, wie sich der Schaum auf dem Waschstück bildete.

Er trocknete sich die Hände mit einem Papierhandtuch, während er darüber nachdachte, dass ein neues Zeitalter angebrochen war, eine Aera der Berührungslosigkeit. Umarmungen wurden nur angedeutet, indem man die Arme *gerade nach vorne ausstreckte und auf eine Weise nach innen und außen bewegte, als umarme man jemanden, ohne dass man es tat. Es sah ein wenig verrückt aus. Aber das störte niemanden. Es war die neue Normalität.*

Aus diesem Grund, weil man auf jeden Fall Distanz halten sollte oder wollte, hielt er in der Küche Abstand zu Lina, die damit beschäftigt war, den Erdbeerkuchen in gleichmäßige Stücke zu teilen.

„Soll ich eine Maske aufziehen?"

„Michael, lass sein! Ich gehe mal davon aus, dass du dich nicht angesteckt hast."

„Davon gehe ich auch aus. Ich lebe wie ein Einsiedler. Du hast wenigstens Familie im Haus. Ich nicht. Okay, so ganz stimmt das nicht. Mein Bruder wohnt ja im ersten Stock. Aber wir sehen uns trotzdem nicht so oft."

„Ja, das ist ein Vorteil, wenn man nicht alleine lebt. Kannst du bitte die beiden Teller mit dem Kuchen ins Wohnzimmer tragen?"

„Na, klar."

Kurz darauf brachte Lina den Kaffee.

Michael saß am Tisch und schaute in den Garten.

„Tolle Musik da draußen."

„Ja, finde ich auch."

„Kenne ich gar nicht."

„Tash Sultana. Kannte ich bis vor kurzem auch noch nicht. Habe ich durch Juna kennengelernt."

„Ein interessantes Mädchen!"

„Ja. Sie ist ganz wunderbar. Hast du etwas dagegen, wenn ich Juna und ihrer Freundin auch von deinem Kuchen anbiete?"

„Nein. Gar nicht."

Lina nahm ihr Handy und schickte Juna ein Foto von ihrem

Kuchenteller.

Sofort eilte diese herbei.

„Ach, du hast Besuch! Hallo Michael!"

„Hallo Juna! Der Kuchen ist in der Küche. Du kannst dir etwas nehmen, für deine Freundin natürlich auch."

„Danke!"

„Deine Musik ist klasse! Diese Tash hat 'was drauf. Sie hat's im Blut."

„Yep!"

„Die Musik macht gute Laune. Da hat man Lust zu tanzen."

„Ich schicke dir den Link von YouTube."

„Gern."

Es roch verführerisch nach süßen Erdbeeren. Widerstehen war kein Gebot. Juna schob sich und ihrer Freundin ein Stück Kuchen auf den Teller, nahm zwei Gabeln aus der Schublade und fand die Sahne im Kühlschrank.

Erdbeeren – Juna liebte sie und sie war der Ansicht, dass die roten Früchte mit den vielen kleinen, gelben Punkten aussahen wie lustige Frohnaturen.

Beim Rausgehen, noch bevor sie die Terrassentür erreichte, hauchte sie ihrer Großmutter einen Luftkuss zu.

„Oma, kannst du morgen wieder von früher erzählen?"

Lina zwinkerte ihr zu.

„Na, klar. Lasst es euch schmecken!"

„Danke, ihr euch auch!", gab sie schmunzelnd zur Antwort.

Dann stieß Juna mit ihrem Fuß die Insektenschutztür auf und ging summend davon.

„Köstlich, dein Kuchen!"

„Danke. Sag mal, was meint Juna damit, dass du von 'früher' erzählen sollst?"

„Moment", murmelte Lina, denn sie hatte gerade noch den Mund voll.

„Juna hat von Charlotte erfahren, dass ich als Kind lange im Krankenhaus war. Sie möchte wissen, wie das war."

„Das ist wirklich lieb von ihr. Sie interessiert sich."

„Ja, das tut sie."

„Gespräche zwischen Oma und Enkelin. Finde ich gut!"

„Das ist 'was Besonderes. Ich mag das sehr."

Lina hatte den Eindruck, dass die Musik im Garten noch ein bisschen lauter wurde:

„Immer wenn der Abend kam, saßen wir am Lagerfeuer..."

Das Lied kam ihr seltsam bekannt vor.

„Wegen früher habe ich wahrscheinlich diese Abneigung gegen Krankenhäuser. Allein schon die Vorstellung, in die Klinik zu müssen.... Der blanke Horror! Ich wäre keine gute Patientin. Ich würde immerzu weglaufen."

Und wieder lauschte sie der Musik:

„Dass da was war, das war klar. Wir wussten nur nicht, was das war. Wir wussten nur, dass da was war. Das, was da war, war unsichtbar."

Jetzt wusste sie, wie das Lied hieß: 'Dass da was war' Natürlich! Es war von der Gruppe 'Ganz Schön Feist'.

„Und wenn ich dich täglich besuchen komme?"

„Wie bitte?"

Irritiert wischte Lina mit ihrer Hand über den Tisch, als schiebe sie Krümel auf den Boden.

„Was hast du gesagt?", fragte sie verlegen.

„Ich sagte, dass ich dich täglich besuchen kommen könnte."

„*Täglich besuchen? Vielleicht ginge es, wenn wir ein Doppelzimmer hätten.*"

Sie lachte nervös.

„*War nur ein Scherz, Michael! Sorry!*"

„*Schon gut, meine Liebe. Lass uns von etwas anderem reden! Möchtest du noch einen Kaffee?*"

„*Sehr gern.*"

„*Bleib sitzen! Ich hole dir einen.*"

Er nahm ihre leere Tasse, spülte sie kurz unter heißem Wasser aus und bediente die Nespresso-Maschine. Während der Kaffee in die Tasse plätscherte, nahm er den Kuchen und die Sahne und brachte alles ins Wohnzimmer.

„*Gute Idee! Dann müssen wir nicht jedes Mal aufstehen.*"

„*Nimm dir schon mal! Ich hole noch schnell den Kaffee.*"

Lina leitete die zweite Runde ein. Bei genauerem Nachdenken handelte es sich schließlich um eine Obstmahlzeit. Und Sahne gehörte zum Erdbeerkuchen einfach dazu.

„*Ich bin so froh, Lina, dass wir uns wiedergefunden haben. Ich hätte nie gedacht, dass es einmal so kommen würde.*"

„*Ich auch nicht. Das Leben nimmt manchmal einen eigentümlichen Verlauf. Wenn du nicht zufällig die Todesanzeige von Adrian gelesen hättest, hättest du dich nicht gemeldet.*"

„*Das stimmt. Und obwohl so viel Zeit vergangen ist, ist die alte Vertrautheit sofort wieder da.*"

„*Ja, das ist so bei Freundschaften, die in der Jugend geschlossen wurden. Die Vertrautheit bleibt.*"

„*Meine Mutter hat noch oft nach dir gefragt, Lina. Sie ist übrigens kürzlich verstorben.*"

„*Ach! Das tut mir leid!*"

„*Danke. Und dann die ganzen Formalitäten, obwohl man am liebsten seine Ruhe haben möchte.*"

„Was passiert jetzt eigentlich mit dem Haus? Verkaufst du?"
„Nein, das bringe ich nicht übers Herz. Es ist mein Elternhaus. Außerdem wohnt auch mein Bruder da. Ich habe die Wohnung im Erdgeschoss. Mama lebte schon länger im Altenheim. Es ging einfach nicht mehr anders. Wir hatten zum Glück ihren Segen dazu. Es ging ihr auch ganz gut in dem Heim."
„Und wie war's im Altenheim?"
„Seit Corona allerdings schrecklich!"
„Inwiefern?"
„Wenn ich es nicht selbst erlebt hätte, würde ich denken, es seien Geschichten aus einem tragischen Roman. Es gab Besuchsverbot. Die Türen wurden geschlossen."

Um die alten Menschen vor der Infektion zu schützen und ihnen doch noch Kontakt zu den Angehörigen zu ermöglichen, führten manche Heime 'Balkongespräche' ein.
'Balkongespräche' - das klingt verlockend. Man denkt an den Beginn einer romantischen Liebesbeziehung, an ein Stelldichein in einer lauen Sommernacht, an geflüsterte Liebesschwüre.
Nichts dergleichen!
Balkongespräche waren ein Kompromiss, sonst nichts! Die praktische Umsetzung einer Lösungsidee.
Die Heimbewohner standen dabei auf den Balkonen und unterhielten sich mit ihren Kindern und Enkeln, die draußen zu den Balkonen hinauf sahen und extra laut sprachen, damit sie überhaupt verstanden wurden.
Eine Begegnung auf Distanz. Berührungslos. Keimfrei.

Nach solchen Balkongesprächen überfiel Michael jene Art von Schwermut, für die es keine Linderung gab.

Zu diesem Zeitpunkt dachte er noch, dass es nicht schlimmer kommen könnte.
Er irrte sich …

Seine Mutter stürzte und sie wurde mit einem Oberschenkel- halsbruch ins Krankenhaus verlegt.
Auch hier verweigerte man ihm den Zutritt.
Besuchsverbot als Schutzmaßnahme.
Das Personal war unerbittlich.
Es tat seine Pflicht.

Lina hörte die Traurigkeit in seiner Stimme. Von diesen Ereignissen hatte er sich noch nicht erholt.

„Im Krankenhaus lag meine Mutter immerhin im Erdgeschoss und hatte ein Bett am Fenster. So konnte ich sie wenigstens sehen, aber wir konnten kein Wort miteinander wechseln. Sie konnte auch nichts aufschreiben, was sie mir dann am Fenster hätte zeigen können. Ich merkte nur, dass sie immer schwächer wurde."
„Was hast du dann gemacht? Hast du mit einem Arzt sprechen können?"
„Ja, telefonisch. Man sagte mir, dass meine Mutter eine schwere Lungenentzündung bekommen habe, nicht wegen Corona, einfach nur so. Es stand sehr schlecht um sie, aber ich durfte nicht zu ihr. Sie haben mich von draußen dem Sterben meiner Mutter zusehen lassen. Meine Mutter war völlig allein und sie muss gespürt haben, dass sie stirbt. Ich konnte all die Tage nicht bei ihr sein, nicht ihre Hand halten, ihr nicht ein einziges liebes Wort sagen."
„Mein Gott!"
„Erst ganz zum Schluss, an ihrem letzten Tag, wurde ich auf

dem Handy angerufen. Ich solle kommen. Es sei bald vorbei mit ihr. Genau eine Stunde durfte ich zu ihr. Eine gottverdammte Stunde haben sie mich zu ihr gelassen. Ich nahm ihre Hand und sagte ihr, dass ich sie lieb habe. Sie konnte nicht mehr sprechen. Sie hat nur dreimal einen undefinierbaren Laut von sich gegeben. Ich habe vermutet, dass sie damit 'ich dich auch' sagen wollte. Und genau nach einer Stunde hat man mich von ihr fortgerissen. Auf mein Bitten, noch bleiben zu dürfen, ging das Personal nicht ein. Man sagte mir:

„Wir tun nur unsere Pflicht!"

Ich wusste nicht, wohin mit meiner Wut. Ich wusste nicht, wohin mit meiner Verzweiflung.

Nach Hause fuhr ich und legte mich ins Bett. Wie lange ich dort eigentlich lag, weiß ich nicht genau. Es wurde dunkel, es wurde hell und wieder dunkel. Als ich auf die Anrufe und Nachrichten meines Bruders nicht reagierte, kam er mit einem Schlüssel rein.

Michael kämpfte mit seinen Tränen.

„Weine ruhig! Es ist eine fürchterliche und grausame Tragödie!"

Und er weinte bitterlich.

Kapitel 24

Frühjahr 2020

Am nächsten Morgen, als Juna in den Garten schaute, stand ihre Großmutter, einen Strohhut auf dem Kopf, vor ihrer Staffelei, einen Pinsel in der einen und eine Farbpalette in der anderen Hand. Der Himmel war wolkenlos und die farbenprächtigen Rhododendren leuchteten im Sonnenlicht.
Sie öffnete das Fenster. Warme Luft strömte ihr entgegen. Aus der Ferne konnte sie nicht erkennen, was Lina da auf die Leinwand brachte.
In der Küche fand sie einen Zettel ihrer Mutter vor:

„Guten Morgen, mein Schatz, ich bin heute bei einer Freundin. Komme am Nachmittag zurück. Ich habe Gulasch aufgetaut für dich und Oma. Macht euch einen schönen Tag! Hab' dich lieb. Kuss, Mama."

Juna nahm Cornflakes aus dem Schrank, schüttete eine Portion in eine Schüssel und goss Sojamilch darüber. Währenddessen lief heißer Kaffee in ihre Lieblingstasse mit der Eule darauf. Heute streute sie Zucker hinein.
Schließlich setzte sie sich auf den Balkon und schaute ihrer Großmutter beim Malen zu.
„Hallo Oma! Guten Morgen!"
Lina drehte sich um und wedelte mit dem Pinsel.
„Guten Morgen!"
„Was malst du da?"
„Meinen Traum."

„Was? Du musst lauter sprechen!"

"Komm doch einfach nach unten!"

Das ließ Juna sich nicht zweimal sagen. Und schon stand sie vor der Leinwand.

„Was wird das? Hm, bisschen verwirrend. Surreal."

„Einen Moment."

Lina tupfte gerade Blau auf die Leinwand. Dort entstand das Meer. Flache Wellen liefen sanft den Strand hinauf. Ein Zug, der wundersamerweise durch das Wasser fuhr, kam frontal auf den Betrachter zu, als wollte er das Bild verlassen. Hellgelb leuchteten seine runden Lampen in der beginnenden Dämmerung. Auf der rechten Seite des Bildes hingen mehrere veraltete Kalender in den Wolken wie Wäsche an der Leine - in großen, schwarzen Zahlen die Jahresangaben. Eine Hand aus dem Nichts ergriff einen der Kalender und riss ihn herunter.

„Oma, was ist das alles?"

Lina legte den Pinsel auf den Rand der Staffelei, um sich herum Farbkleckse im Gras.

„Du willst wissen, was das bedeutet? Da möchte ich dir mit einem Zitat von Vincent van Gogh antworten:

'I dream my painting and then I paint my dream'.

Ich male tatsächlich, was ich kürzlich geträumt habe. Der Traum war so eindringlich und intensiv, dass er mich nicht mehr loslässt. Er will mir irgendetwas sagen. Nur was? Vielleicht verstehe ich ihn, wenn ich ihn auf die Leinwand bringe."

„Ja, vielleicht. Das Bild gefällt mir. Es sieht interessant aus."

Lina schraubte die Farbtuben zu und legte sie in ihren

Malerkoffer.

„Ich wasche jetzt die Pinsel aus. Dann können wir gleich unseren persönlichen Geschichtsunterricht fortsetzen."

Sie zwinkerte Juna zu.

„Ist eigentlich Michael noch hier?"

„Siehst du ihn?", antwortete Lina schmunzelnd.

„Nö."

Fehlte nur noch, dass Juna fragt, ob er gestern Abend oder erst am frühen Morgen gegangen war, überlegte Lina.

Dann nahm Lina ihren Strohhut vom Kopf setzte ihn Juna auf und ging mit den Pinseln ins Haus.

Wenngleich sich Juna mit einer weiteren Frage zurückgehalten hatte, so wusste Lina jedoch nur zu genau, dass ihre Enkelin sich Gedanken über die Art ihrer Beziehung zu Michael machte. Vermutlich würde es ihr gefallen, wenn sie ein Paar werden würden, denn sie hatte Michael auf Anhieb gemocht. Dass ihre Großmutter selbst einmal Jugendliche gewesen war und dass sie Michael seit dieser Zeit schon kannte, dass ihre Großmutter sicherlich spannende Dinge erlebt hatte, diese Gedanken fand Juna ganz besonders reizvoll.

An manchen Abenden, wenn Juna auf dem Balkon war und Lina und Michael auf der Terrasse saßen, war sie stiller Zuhörer, gar nicht absichtlich oder aus Neugier. Es hatte sich einfach ergeben.

Aufmerksam nahm sie zufällig Anteil an den nie gehörten Geschichten aus Linas Schulzeit. Erlebnisse auf Klassen-fahrten, wie zum Beispiel nach Koblenz zur Burg Ehren-breitstein, fand sie dermaßen aufregend, dass sie am liebsten die ganze Nacht gelauscht hätte.

Michael schilderte die Begebenheiten auf eine derart lebendige Art und Weise, dass sie hätte meinen können, sie seien erst letzte Woche passiert.

Gerne hätte sich Juna zwischendurch eine Zigarette angezündet, so wie sie und ihre Freundin es bei einem Krimi taten, doch der Rauch hätte sie verraten.

Sie rückte ganz nah an die Balkonbrüstung, so leise es ihr möglich war, und spitzte die Ohren.

Koblenz war offensichtlich unvergesslich in beider Erinnerung. Michael sprach lauter, Lina auch. Im Geiste sah Juna sie gestikulieren.

„Weißt du noch, damals, wie die Jungen aus Koblenz bei euch Mädels an die Fenster klopften?

„Aber ja! Natürlich! Zum Glück war ich nicht in dem Zimmer, in das sie eingestiegen sind."

Lautes Gelächter. Das leise Klirren aneinanderstoßender Gläser.

„Stimmt. In dein Zimmer hatte sich nur der Referendar verirrt, nicht wahr, Lina?"

„Haha! Aber ich hatte nichts mit ihm zu schaffen. Ich hatte mich schlafend gestellt."

„Und heimlich observiert. Na, sieh mal einer an! Damals schon!"

„Der nächste Morgen war die Hölle! So viele Tränen und Schluchzen."

Juna hielt den Atem an. Kein Wort durfte ihr entgehen.

Offensichtlich hatte die Klassenlehrerin die Angewohnheit, die Schülerinnen morgens persönlich zu wecken. Die Jungen, die in eins der Zimmer gestiegen waren, waren nun allerdings bei den Mädchen eingeschlafen.

Als die Klassenlehrerin sie am darauffolgenden Morgen

wecken wollte, fand sie die Jungen schlafend in den Betten.
Es gab ein ungeheures Geschrei, Bitten und Flehen. Doch
die Lehrerin blieb unerbittlich. Sie schickte die Mädchen des
betreffenden Zimmers nach Hause.
„Zum Glück war ich in einem anderen Zimmer. Ich hatte
damit nichts zu tun."
Im Nachhinein fragte sich Juna, wie es gewesen wäre, wenn
sie wichtige Details der Geschichte nicht gehört hätte, weil
zum Beispiel ein lautes Geräusch Teile des Gesprächs
verschluckt hätte, oder wenn sie nicht mitbekommen hätte,
dass ihre Oma in einem anderen Zimmer geschlafen hatte
und von der ganzen Aktion nicht betroffen war. Sie hätte sich
immer gefragt, ob Lina verschont geblieben war. Die Frage
wäre unbeantwortet geblieben.
Und ich hätte Oma niemals darauf ansprechen, sie niemals
direkt fragen können, ging es Juna durch den Sinn.
Vielleicht sollte ich Oma sagen, dass man sie vom Balkon
aus hören kann. Und vielleicht sollte ich direkt ein 'Hallo'
nach unten rufen, sobald sie und Michael sich auf die
Terrasse setzen.
Mit einmal fühlte sie sich unbehaglich, wie ein Spion, der
anderen ihre Geheimnisse stiehlt.

Noch immer stand Juna im Garten vor dem Gemälde und
versuchte, der Bedeutung von Linas Traum auf die Spur zu
kommen.
Ein Zug, der durch Wasser fahren kann. Alte Kalender, die
in der Luft hängen und von einer Hand, die aus dem Nichts
kommt, abgehängt werden.
Juna konnte sich keinen Reim darauf machen.

Als sie sich von dem Bild löste und ins Wohnzimmer ging,

schmückte ihre Großmutter dort gerade einen niedlichen kleinen Tannenbaum, keinen echten natürlich, und war damit beschäftigt, bunte Kugeln an den Zweigen zu befestigen. Dabei hörte sie Weihnachtslieder.

Alle Jahre wieder kommt das Christuskind
Auf die Erde nieder, wo wir Menschen sind.

Kehrt mit seinem Segen ein in jedes Haus,
Geht auf allen Wegen mit uns ein und aus.

Steht auch mir zur Seite still und unerkannt,
Dass es treu mich leite an der lieben Hand.

Verwundert blieb Juna stehen, während ihre Großmutter - eine rote Kugel in ihrer linken Hand - um den Couchtisch herumlief, auf dem das Tannenbäumchen in der Mitte stand. Schließlich platzierte sie die Kugel an einem der unteren Zweige, zwinkerte sodann ihrer Enkelin zu mit einem Gesichtsausdruck, den diese nicht zu deuten wusste. Es blitzte etwas Schelmisches in ihrem Blick auf, doch gleichzeitig lag in ihrer Mimik etwas Gequältes.
Es war Mai, noch dazu sommerlich warm. Nichts, das an Winter erinnerte, doch aus dem Lautsprecher drang Weihnachtsmusik und auf dem Tisch stand ein Tannenbaum.
„Oma, du gibst Rätsel auf. Was hat das schon wieder zu bedeuten? Gibt es einen besonderen Grund?"
„Den gibt es!"
„Wozu dieser Tannenbaum?"
„Den haben meine Eltern mir damals ins Krankenhaus gebracht."
„Aha. Dass du ihn immer noch besitzt! Ich hätte ihn

wahrscheinlich in irgendeiner Kiste vergraben und nie mehr wiedergefunden."

„Komm, setz dich zu mir auf die Couch! Ich erzähle dir, wie es damals im Krankenhaus weiterging. Es kam die Weihnachtszeit. An einem der rosafarbenen Tage kam mein Vater zu Besuch. Er schmuggelte Mandarinen herein. Es war eigentlich verboten, mir Essen mitzubringen. Strenge Vorschrift!

Aber diesen kurzen Moment, in dem mein Vater mir die Mandarinen heimlich durch den Türspalt reichte, sehe ich immer noch bildhaft vor mir, seine ausgestreckte, große Hand mit den Früchten, und wie er sich bei jedem Geräusch umschaute und den Flur im Blick behielt.

Es war eine spürbare Begegnung, Finger, die sich berührten, der Klang seiner Stimme und der Geruch seines Aftershaves.

Eine Begegnung ohne Barriere, ohne trennende Scheibe dazwischen, wenn auch nicht ganz ohne Hindernis, nicht ohne die Furcht, entdeckt zu werden.

Verboten, heimlich und diskret.

Die Übergabe musste schnell sein, wie bei Agenten, die sich unbemerkt und im Vorbeigehen eine Nachricht zustecken.

Lass mich dir schildern, was geschah."

Kapitel 25

Damals

Lina sitzt mit angezogenen Beinen auf der Fensterbank, die Knie unter dem Kinn, die rechte Schulter an die kalte Scheibe gelehnt, das Fernglas zu ihren Füßen. Einzelne Schneeflocken schweben aus dichten, grauen Wolken herab.

Schneeflöckchen, Weißröckchen, wann kommst du geschneit?

Leise beginnt sie zu singen. Eigentlich ist es eher ein Flüstern. Denn es ist niemand da, der sie hören könnte.

Du wohnst in den Wolken, dein Weg ist so weit. Komm, setz dich ans Fenster, du lieblicher Stern, malst Blumen und Blätter, wir haben dich gern.

Sanft wiegt Lina sich im Takt des Liedes, beschwört den Schnee herauf. Man muss nur lange genug singen, dann schneit es weiter und die Straßen werden weiß.
Dann kann ich Spuren sehen, hofft sie. Vielleicht sehe ich Mamas Schritte im Schnee. Ich habe sie zu Hause im Garten so oft gesehen. Ich würde sie bestimmt erkennen. Lina greift nach ihrem Fernglas und richtet den Blick nach unten auf die Straße. Heute ist ein rosa Tag. Mama müsste doch kommen. Vielleicht kann ich sie durchs Fernglas sehen.

Schneeflöckchen, du deckst uns die Blümelein zu, dann

schlafen sie sicher in himmlischer Ruh'.

Langsam werden die Gehwege weiß. Sie schaut in die Wolken. Der Himmel hängt voller Schnee, würde ihre Mutter sagen. Es würde noch ganz viel schneien.

Schneeflöckchen, Weißröckchen, komm zu uns ins Tal.
Dann bau'n wir den Schneemann und werfen den Ball.

Allmählich setzt die Dämmerung ein und die Spuren im Schnee würden bald unsichtbar werden. Lina legt das Fernglas zur Seite. Die Dächer werden weiß. Ein Vogel lässt sich auf einer Antenne nieder, direkt auf dem Haus gegenüber. Die Laternen gehen an. Auf der Straße schlittern zwei Kinder über den Gehweg. Es schneit unaufhörlich. Sieht aus wie ein Vorhang aus dicken, weißen Flocken. Trotz der beginnenden Dunkelheit wirkt es nicht ganz so finster.
Wenn Schnee liegt, ist die Dunkelheit ein kleines bisschen heller.
Lina singt nicht mehr. Es ist nicht mehr nötig. Sie schaut dem Treiben auf der Straße zu, die Stirn an die Scheibe gelehnt.
Sie pustet gegen das Fenster und malt Schneeflocken auf das beschlagene Glas.

Sie gleitet von der Fensterbank und legt sich auf ihr Bett. Ihre Haut schmerzt. Die Wunden breiten sich weiter aus. Da klopft es plötzlich an dem Fenster zum Flur. Abrupt setzt sie sich auf.
„Papa!"
Er winkt ganz heftig.

Sie läuft zu ihm. Das Gehen fällt ihr schwer.

Er öffnet die Tür einen kleinen Spalt.

„Lina, ich habe dir etwas mitgebracht."

Er reicht ihr eine Mandarine. Sie nimmt sie entgegen.

„Hier hast du noch eine. Aber du musst sie verstecken. Niemand darf davon wissen. Hast du verstanden?"

„Ja, Papa. Ich lege sie unter mein Kopfkissen und esse sie später."

„Gute Idee."

Lina setzt sich auf den Boden. So kann sie nicht gesehen werden.

„Papa, wann kann ich nach Hause?"

„Ich weiß es nicht."

„Ich will nach Hause. Kann der Arzt mich nicht zu Hause behandeln?"

„Das wäre schön. Wir vermissen dich auch, sehr sogar."

„Papa, nimm mich mit!"

„Ich würde dich am liebsten sofort mitnehmen. Aber das darf ich nicht. Du bekommst hier die beste Behandlung. Wir haben Angst, dass du zu Hause nicht gesund wirst."

„Bitte, Papa!"

„Ich hab dich lieb, mein Engel."

Dann hört er Schritte auf dem Flur.

„Lina, ich muss die Tür schließen."

Dr. Greifer nähert sich. Aber er scheint nichts bemerkt zu haben. Lina setzt sich wieder auf ihr Bett, winkt ihrem Vater noch einmal zu. Er steht hinter der Scheibe und winkt zurück.

Dann legt sie sich hin und schläft.

Irgendwann wacht sie wieder auf. Im Zimmer ist es dunkel. Die Tür ist leicht geöffnet. Müdes Licht fällt durch den

Türspalt ins Zimmer und die Geräusche auf dem Flur sind die Geräusche der Nacht. Auf dem Tisch steht das Tablett mit dem Abendbrot. Sie erinnert sich nicht daran, wann es gebracht wurde. Es riecht nach Möhrensaft und Salami. Und eine Schale mit Vanillepudding steht auch da.

Sie schiebt eine Hand unter das Kopfkissen und stellt erleichtert fest, dass die beiden Mandarinen unentdeckt geblieben sind. Lina setzt sich auf und beginnt, die Früchte zu schälen. Sie lächelt. Die einzelnen Fruchtspalten legt sie sorgsam auf ein Taschentuch und beginnt, sie langsam, ja, andächtig zu essen. Sie denkt an ihren Vater, denkt daran, wie sie zusammen im Freibad waren, wie sie mit dem Wasserball gespielt haben und es hinterher eine Schale Pommes Frites gegeben hat.

Noch bevor sie die erste Mandarine geschafft hat, kommt die Nachtschwester leise ins Zimmer und entreißt sie ihr.

„Was machst du da? Du darfst das nicht essen!"

Lina zieht die Bettdecke hoch bis zur Nasenspitze.

„Wer hat dir das gegeben? Wo hast du das her?"

Doch Lina antwortet nicht.

„Ich rede mit dir!", schimpft sie.

Zwischen ihren Augenbrauen erkennt Lina deutlich die Zornesfalte. Sie dreht der Nachtschwester den Rücken zu und schließt die Augen. Irgendwann gibt diese auf und verlässt das Zimmer.

Noch lange liegt die Kleine wach. Für einen kurzen Moment überlegt sie, sich ans Fenster zu setzen, verwirft den Gedanken jedoch sogleich. Die Nachtschwester hat mein Geschenk gestohlen. Ihre Gedanken kreisen. Immer und immer wieder. Sie hat es mir weggenommen.

„Papa."

Lina schaut zum Fenster. Doch ihre Beine sind zu schwach,

um aufzustehen.

Pan Tau muss warten.

Natürlich weiß Dr. Greifer am nächsten Morgen Bescheid. Lina sitzt auf dem Bett und baumelt mit den Beinen. Er hockt sich vor sie und schaut sie an. Bestimmt erwartet sie jetzt, dass ich genauso schimpfe wie die Nachtschwester, denkt er.

Aber er schimpft nicht. Mit ihrem Vater würde er allerdings ein ernstes Wort sprechen müssen.

„Guten Morgen, Lina."

„Morgen", murmelt sie still, ohne ihn dabei anzusehen.

„Wie geht es dir?"

„Das weißt du doch, oder?"

„War die Mandarine lecker?"

„Ich esse nie wieder Mandarinen! Dann kann man sie mir auch nicht wegnehmen!"

„Du bist wütend, stimmt´s?"

„Ich will nie wieder überhaupt irgendetwas essen! Nie wieder! Den ganzen Fraß hier esse ich nicht mehr!"

„Ich kann dich verstehen."

„Nein, das kannst du nicht! Ich hasse Pilze! Ich hasse Leber! Ich hasse den ekelhaften Möhrensaft! Ich hasse alles hier!"

Er legt seine Hand auf ihre, doch Lina entzieht sie ihm.

Sie senkt den Kopf und schaut zu ihren Füßen.

„Ich will nach Hause", flüstert sie nun.

„Das weiß ich doch."

„Du musst deine Brille putzen. Da ist ein Fleck auf dem linken Glas."

Er zieht seine Brille ab und hält sie gegen das Licht.

„Du bist ja ein kleiner Sherlock Holmes."

„Wer ist das?"

Ihre Wut scheint sich zu legen, denkt er erleichtert.

„Das ist ein berühmter Detektiv."

„Was macht ein Detektiv?"

Sie hebt ihren Kopf und schaut ihn fragend an.

„Oh, ein Detektiv findet wichtige Dinge heraus, um zum Beispiel einen Kriminalfall zu lösen."

„Was ist ein Kriminalfall?"

„Puh, das ist nicht so einfach zu erklären. Also, ein Detektiv beobachtet Menschen, sammelt Informationen und versucht, ein Rätsel zu lösen, indem er die einzelnen Informationen wie bei einem Puzzle zusammenfügt."

„Ein Puzzle kenne ich."

Er kratzt sich an der Wange.

Lina überlegt. Sie hat dann diesen nachdenklichen Blick.

„Dann bist du ja auch ein Detektiv. Du bist ein Arzt-Detektiv. Ich bin das Rätsel. Du beobachtest mich, sammelst Informationen und versuchst, das Puzzle zusammenzufügen. Und ich bin in diesem Zimmer allein, damit es nicht zu viele Informationen werden."

„So habe ich das noch nie gesehen", sagt er lachend.

Aufgeregt wippt sie mit den Füßen.

„Dann will ich auch ein Detektiv sein. Oder ein Arzt, ein Arzt-Detektiv, so wie du. Ich möchte auch Rätsel lösen."

„Das ist eine sehr gute Idee!"

Mit seinem Zeigefinger stupst er auf ihre Nase. Ein Lächeln huscht über ihr Gesicht. Ein Moment der Freude, wenigstens jetzt, auch wenn er nur von kurzer Dauer ist, und er wünscht sich, diesen Moment auszudehnen, der Furcht zum Trotz, den Zweifeln zum Trotz, die ihm täglich einflüstern, dass sie das Krankenhaus vielleicht nicht lebend verlassen wird. Er versucht, den Gedanken zu verdrängen. Er soll die Stimmung nicht beeinträchtigen. Nicht jetzt!

„Lina, es ist gut, ein Ziel zu haben. Ein Ziel bringt uns nach vorn."

Doch sie spürt die leicht veränderte Stimmung. Sie hört es in den Nuancen seiner Sprachmelodie.

„Und Hoffnung, nicht wahr? Hoffnung zu haben, ist auch wichtig."

Sie merkt es, geht es ihm durch den Sinn. Ich weiß nicht, wie. Aber sie spürt, dass ich an etwas anderes gedacht habe.

„Ja, Lina, du darfst die Hoffnung niemals aufgeben. Wir geben die Hoffnung niemals auf!"

„Nein?"

„Niemals!"

„Niemals! Okay."

„Sag mal, Lina, kennst du vielleicht ein schönes Lied? Bald ist Weihnachten. Kennst du ein Weihnachtslied?"

„Ja, natürlich."

„Welches denn?"

„*Alle Jahre wieder.* Das habe ich im Kindergarten gelernt."

„Magst du es für mich singen?"

„Ja, wenn du willst."

Dr. Greifer, der noch immer vor dem Bett hockt und mittlerweile Schmerzen in den Knien spürt, richtet sich auf, setzt sich neben Lina auf das Bett und streckt seine Beine.

Und Lina hingegen rutscht herunter, stellt sich vor ihn und beginnt zu singen.

„Alle Jahre wieder kommt das Christuskind
auf die Erde nieder, wo wir Menschen sind..."

Doch kommt sie nicht sehr weit, denn Schwester Sarah öffnet die Tür und bittet Dr. Greifer, sie ins Dienstzimmer zu begleiten. Er sieht die Enttäuschung in Linas Gesicht.

„Tut mir leid, Lina. Ich muss leider gehen."

Sie setzt sich wieder auf das Bett und schaut ihm hinterher, bis er den Raum verlassen hat. Und auch dann noch schaut sie zur Tür, obwohl sie längst geschlossen ist, für eine Weile, für ein paar Minuten, in der Hoffnung, dass sie sich wieder öffnet und er zurückkommt. Sie schaut zum Fenster, doch schließlich legt sie sich ins Bett, schließt die Augen und überlässt sich ihren Erinnerungen an eine Zeit, als die Welt noch in Ordnung war.

In ihren Gedanken findet sie sich wieder auf dem Außengelände ihres Kindergartens. Es ist Sommer. Sie sitzt mit kurzer Hose auf der Schaukel und nimmt Schwung. Jedes Mal wenn sie hochschwingt, betrachtet sie das Muster ihrer grünen Strümpfe, die ihre Mutter unnötigerweise bis zu den Knien hochgezogen hat. Es ist ein Rautenmuster darauf, orange Linien auf grünem Hintergrund. Sie liebt das Kribbeln im Bauch, das sie nur vom Schaukeln kennt. Die Luft ist wunderbar warm, obschon es noch früher Morgen ist. Die anderen Kinder spielen Fangen, einige klettern auf das Gerüst aus roten und gelben Metallrohren, die eine offene Pyramide aus Würfeln bilden, durch die man hinauf und wieder herunter gelangen kann. Es befindet sich am Ende des Geländes. Ein kleiner Junge mit strubbligem Haar, dessen rechter Arm zu kurz ist und an dessen Hand sich nur zwei Finger befinden, gesellt sich zu ihr und schaut ihr beim Schaukeln zu. Lina nimmt noch einmal kräftig Schwung, als wolle sie geradewegs in den Himmel springen, um im nächsten Moment, an dem höchsten Punkt, von der Schaukel abzuspringen. Sie landet sicher auf ihren Füßen und der kleine Junge mit den ungleichen Armen läuft zu ihr und strahlt vor Bewunderung.

„Auch mal! Bitte auch mal!"

Er ist zu jung, um selbst zu schaukeln. Erneut setzt sich Lina auf die Schaukel, zieht den Jungen hoch auf ihren Schoß, schlingt ihren linken Arm um seinen schlanken Körper, mit der rechten Hand hält sie die Kette der Schaukel und beginnt, sich ganz sacht in Bewegung zu setzen. Später, als sie absteigen und der Kleine glücklich zum Sandkasten läuft, legt sich Lina ins Gras an der Seite vom Haus, wo sich der Eingang in den Gruppenraum befindet. Der Himmel ist tiefblau. Schwalben ziehen ihre Kreise. Sie liebt ihren Ruf, der von Sommer spricht. Ein leichter Wind spielt mit den Blättern der Bäume, deren Namen sie nicht kennt. Wie aus weiter Ferne hört sie das Klacken der Stelzen, auf denen ein Kind sich fortbewegt. Sie weiß nicht, wie lange sie dort gelegen hat, als ihre Kindergärtnerin sie anspricht. Sie weiß nur, dass sie einen unbeschreiblichen Frieden empfunden hat.

Es ist bereits Mittag, als Lina sich aus ihren Erinnerungen löst und wieder in der Realität des Zimmers ankommt. Mit lautem Geklapper rollt der Essenswagen heran. Manchmal stößt er gegen die Wand. Es riecht nach muffigen Kartoffeln, trotz geschlossener Tür.

Wenn sie doch nur zaubern könnte, so würde Lina sich in einen Traum begeben und nicht mehr herauskommen.

Die Tage vergehen, Weihnachten naht, doch Linas Zustand verschlechtert sich unaufhörlich. Immer mehr Areale der Haut fallen dem großen Fraß zum Opfer.

Entzündungen breiten sich überall aus. Das Fieber ist hoch.

Lina wird intensivmedizinisch versorgt.

Unberührt steht das Fernglas auf der Fensterbank.

Es ist der vierte Advent, als Dr. Greifer von Linas Mutter einen kleinen künstlichen Tannenbaum überreicht bekommt, zusammengefaltet in einem schlanken, grauen Karton. Abends, er hat eigentlich schon Dienstschluss, geht er noch einmal in Linas Zimmer, stellt sich an ihr Bett und zeigt ihr den Karton. Mit ihrem Blick folgt sie seinen Bewegungen.

„Darin ist ein Tannenbaum. Deine Mutter hat ihn heute für dich mitgebracht. Ich werde ihn jetzt für dich aufstellen."

Er hat den Eindruck, dass sie lächelt, auch wenn sich ihre aufgesprungenen, krustigen Mundwinkel nicht bewegen.

Dann geht er zu dem Tisch, an dem sie sonst gegessen hat, holt das Bäumchen heraus und zieht es aus der Plastikhülle. Er biegt die Zweige auseinander, feiner Draht mit dunkelgrünen Tannennadeln und steckt ihn in die vorgesehene Halterung, so dass man ihn hinstellen kann.

„Sieh mal, Lina! Wie schön dieser Baum ist! Er ist aber noch ein bisschen nackt. Jetzt werde ich ihn für dich schmücken."

Mühsam wendet sie ihr Gesicht zu ihm.

Er nimmt bunte Kugeln aus dem Karton, die die Größe von Walnüssen haben, hält jede einzelne hoch, so dass Lina sie sehen kann.

„Was für ein schönes Rot! Sollen wir diese hier nach oben hängen?"

Jedes Mal wartet er einen Moment. Er beobachtet sie genau und nach einer Weile, zwar verzögert und langsam, nickt sie minimal.

„Gut Lina, die rote Kugel kommt also nach oben. Was ist mit der gelben Kugel? Wo soll sie hin?"

Und wieder schaut er zu ihr und wartet. Als sie ihren Kopf leicht nach links neigt, fragt er erneut.

„Soll die gelbe Kugel nach links?"

Ein schwaches Nicken.

„Okay, sie kommt nach links. Prima. Dann haben wir hier sogar eine pinkfarbene Kugel. Was ist mit ihr? Sollen wir sie vielleicht nach unten hängen?"

Sie nickt kurz und müde. Die Augen fallen ihr zu.

Die restlichen Kugeln bindet er fest, ohne sie weiter zu fragen. Schließlich schiebt er den kleinen Tannenbaum in die Mitte vom Tisch und räumt den Karton in den Schrank. Bevor er das Zimmer verlässt, tritt er ans Bett, nimmt ihr Handgelenk, ertastet den Puls und zählt die Herzschläge. Dann schließt er eine neue Infusionsflasche mit einer Elektrolytlösung an.

„Schlaf schön, meine Kleine. Ich bin morgen wieder bei dir."

Sie nickt.

Kurz darauf schläft sie ein.

Kapitel 26

Frühjahr 2020

„Und das Tannenbäumchen hier auf dem Wohnzimmertisch hat Doktor Greifer für dich geschmückt, Oma?"

„Ja, so ist es."

„Ich glaube, er hat dich sehr gemocht."

„Ja. Mehr als das. Er hat mich gerettet. In jeder Hinsicht."

„Dein Baum ist ein stiller Zeitzeuge. Du hast ihn all die Jahre aufbewahrt."

„Nicht nur ich. Meine Eltern ebenso. Sie haben ihn mir übergeben, als ich damals von zu Hause auszog. 'Übergeben', das ist das richtige Wort, verstehst du?"

Juna kniete sich an den Tisch und berührte vorsichtig die Zweige.

„Jetzt kennst du seine Geschichte. Und ich möchte, dass du ihn zu dir nimmst, wenn ich einmal nicht mehr bin."

„Oma! Sag nicht so etwas!"

Und dann, etwas leiser, mit Tränen in der Stimme.

„Ich weiß nicht, was ich sagen soll."

Lina hockt sich zu ihr, legt einen Arm um ihre Schulter.

„Schon okay, meine Liebe! Manchmal ist Sprachlosigkeit die angemessene Antwort. Ich weiß nicht, was aus mir geworden wäre, wenn Doktor Greifer sich nicht so sehr um mich gekümmert hätte. Er war der einzige, der ab und zu etwas länger bei mir blieb. Meine Mutter sagte, er sei sogar an den Weihnachtsfeiertagen zu mir gekommen. Daran erinnere ich mich nicht. Es war die Zeit, zu der es mir immer schlechter ging und ich nur noch im Bett lag. Das weiß ich nur aus

Erzählungen meiner Mutter. Vielleicht wurde ich sediert oder war einfach aufgrund des Fiebers nicht wirklich bei Bewusstsein und befand mich irgendwo zwischen Leben und Tod.

So, Juna! Ich brauche jetzt eine Pause. Ich bin auf einmal sehr müde."

„Ist okay! Ich muss nur noch schnell ein Foto von dem Baum machen."

Lina lachte.

„Ihr jungen Leute müsst auch alles fotografieren!"

„Nicht alles! Ich fotografiere nur besondere Dinge."

Kapitel 27

Frühjahr 2020

Lina legte sich ins Bett und schlief sofort ein.

Erneut träumte sie von dem Anwesen aus Sandstein mit der großen, ausladenden Treppe.

Wieder fühlte sie das hohe Gras an ihren nackten Beinen, pflückte Mohnblumen und schlenderte auf das Gebäude zu, das nur wenige Schritte von ihr entfernt war und im warmen Abendlicht des Sommers einen unwiderstehlichen, magischen Reiz ausübte.

Die Sprossenfenster waren verschattet, teils durch rote Samtvorhänge, teils durch schwarze Lamellen-Jalousien. An der großen zweiflügeligen Eingangstür aus dunklem Holz war ein Flügel geöffnet, der sie einlud, das Haus zu betreten. Wieder schlich sie barfuß den Flur entlang, fühlte den kalten Boden unter den Füßen, in der einen Hand ihre Schuhe, in der anderen die Mohnblumen. Ein Blütenblatt fiel lautlos zu Boden und wieder ging sie zielstrebig in das hintere Zimmer auf der linken Seite. Das Licht, das durch die Lamellen der Jalousien drang, malte schmale Streifen auf den Boden und in dem Moment, in dem sie mit ihren Fingern zwei Lamellen auseinanderschob, hörte sie Schritte hinter sich.

„Würden Sie mir bitte folgen!"

Natürlich rechnete er mit ihrer Verwunderung, auch mit ihrer Abwehr.

„Ihnen folgen? Wohin?"

„Wissen Sie das denn nicht?"

„Nein."

„Immer noch nicht? Sie haben mich schließlich gerufen."

„Netter Versuch."

„Wir beide gehen jetzt nach oben. Da wollen sie nämlich hin."

Dann stellte er sich seitlich zur Tür und bedeutete ihr mit einer Bewegung seines Armes, die eher aussah wie eine Aufforderung zum Tanz, dass sie mit ihm gehen sollte.

„Wie kommen Sie darauf, dass ich mit ihnen nach oben gehe? Wer sind Sie überhaupt?"

Deutlich hörte er nun auch ihren Zorn.

„Sie fragen, wer ich bin?"

„Jawohl!"

„Wissen Sie das denn gar nicht?"

Sie stutzte. Offenbar war er von diesem Irrsinn nicht abzubringen.

„Nein! Woher sollte ich das denn auch wissen? Ich kenne Sie doch überhaupt nicht."

„Selbstverständlich kennen Sie mich! In ihrem Innersten wissen Sie, wer ich bin."

Was sollte dieses Versteckspiel? Lina konnte sich darauf keinen Reim machen.

„Würden Sie mir denn nun bitte endlich verraten, wer Sie sind? Das halte ich doch wirklich für angebracht!"

„Nun, ich bin derjenige, der kommt, wenn Sie ihn rufen."

„Ich habe sie nicht gerufen."

Er lächelte fast vergnügt.

„Ich bin Ihr Diener. Und wann immer Sie mich brauchen, folge ich Ihrem Ruf."

„Mein Diener? Und dann fordern Sie mich auf, dass ich Ihnen folgen soll? Das ist verwunderlich."

„Aus welchem Grund?"

„Weil ein Diener nicht auffordert."

„Auf den ersten Blick mag es Ihnen merkwürdig erscheinen. Auf den zweiten Blick ist es tiefgründig. Meine Aufgabe ist es, Ihnen zu dienen, auch wenn es manchmal bedeutet, Sie irgendwo abzuholen, denn meine Aufgabe ist es, Sie Ihrem Anliegen näher zu bringen."

„Sie haben da einen Fleck auf ihrem Jackett, auf dem Revers."

„Wie bitte?"

„Der Fleck da, der stört."

Mit ihrer Hand wischte sie über den Fleck.

„Ist nur Wasser. Nicht weiter schlimm. Sie lenken ab!"

„Sicherlich nicht! Sie müssen auf die Details achten!"

Ohne weitere Widerrede folgte sie ihm zur Treppe.

Ihr Kleid, das ihre schlanke Figur umschmeichelte, berührte ansatzweise die Stufen, aber nur für einen unscheinbaren Moment. Eine zarte, flüchtige Berührung.

„Wenn ich mir erlauben darf, Ihnen zu sagen, dass Sie in dem Kleid ganz wunderbar aussehen."

Sie hatten die erste Etage erreicht. Zu beiden Seiten erstreckten sich lange, dunkle Flure mit vielen Türen. Direkt gegenüber erblickte sie einen halbrunden Erker mit Fenstern. Darunter befand sich eine Fensterbank aus weißem Holz, auf der ein schwarzes Fernglas stand.

„Grundgütiger, Sie haben eine komplizierte Ausdrucksweise. Ich würde sagen, Sie sprechen in Rätseln, verehrter Diener."

„Das mag sein. Ihrem Verstand mag das so erscheinen. Aber, bitte glauben Sie mir, in Ihrem Innern werden meine Worte einen Sinn ergeben, auch ohne Ihr aktives Zutun."

„Wenn Sie das sagen, werde ich Ihnen mal glauben. Und wie ich sehe, haben Sie für mich ein Fernglas auf die Fensterbank gestellt."

„Aber natürlich, Madame! Sonst würde es Ihnen fehlen."

„Sie verblüffen mich stets aufs Neue. Woher wissen Sie das?"

Er lächelte und die Art, wie er sie dabei ansah, verriet, dass er darüber keine Auskunft erteilen würde.

„Ich lasse Sie nun allein. Wenn Sie mich brauchen, rufen Sie mich. Es reicht, wenn Sie an mich denken. Ich befinde mich in einem der hinteren Zimmer."

„Dort gibt es viele Zimmer. Wie soll ich Sie da finden?"

„Das ist ganz einfach. Öffnen Sie jede Tür und schauen Sie hinein!"

„Das kann nicht Ihr Ernst sein!"

Wieder lächelte er. Es verunsicherte sie, denn es war nicht ersichtlich, ob es ein freundliches Lächeln war oder ob er sich nur amüsierte.

„Das ist unhöflich, alle Türen zu öffnen. Wer weiß, vielleicht befinden sich Personen in den Räumen. Nicht auszudenken…"

„Auf diese Weise können Sie sich aber einen Blick in die Zimmer erlauben und haben immer eine Erklärung parat. Sie können den Anwesenden sagen, dass Sie mich suchen und bitten, die Störung zu entschuldigen. Ich gehe davon aus, dass Sie doch bestimmt wissen möchten, was aus den beiden Herren in den schwarzen Anzügen geworden ist, die sich ebenfalls im Haus befinden, davon abgesehen, dass sie sowieso liebend gern hinter jede Tür schauen möchten, oder etwa nicht?"

Lina schwieg.

Er nutzte die Stille und zog aus der Tasche seines Jacketts ein kleines, grünes Fläschchen und nahm einen großen Schluck.

„Das hilft gegen einen trockenen Hals."

„Eins muss man Ihnen lassen. Sie sind wirklich einfalls-

reich!"

Nur aus Anstand unterdrückte sie die Frage, was sich in dem Fläschchen befand.

"Einen einfallslosen Diener hätten Sie auch nicht geduldet. Und nun lasse ich Sie allein. Sie haben zu tun, Madame."

Er zeigte nach rechts und schon schritt er den Flur entlang.

"Moment, warten Sie einen Augenblick!"

Auf der Stelle blieb er stehen und drehte sich um.

"Ja, bitte?"

"Wie ist denn eigentlich Ihr Name? Wenn ich Sie rufen soll, muss ich Ihren Namen wissen."

"Denken Sie sich einen aus."

Lina unterdrückte den Impuls, ihm zu sagen, dass sie ihn nun endgültig für verrückt hielt.

Stattdessen nickte sie und sah zu, wie er in dem dunklen Flur verschwand.

Sie trat an die Erkerfenster heran, nahm das Fernglas, entfernte die Schutzkappen von den Gläsern, legte sie in gleichmäßigen Abständen nebeneinander auf die Fensterbank und stellte die Sehschärfe ein. Sie schaute in einen großen Garten und entdeckte einen Gärtner bei den Rosen neben einer Hollywood-Schaukel. Der Garten war zu seinen Seiten durch Sträucher abgeschottet gegen Blicke von außen. Nach hinten jedoch gab es keine Barriere und man schaute auf eine Wohnsiedlung. Zur rechten Seite erblickte sie ein Haus mit einer großen Funkantenne auf dem Dach, die sich leicht im Wind bewegte. Zwei Männer, einer von ihnen war Hanno Fischer, saßen auf einer Bank vor dem Haus und rauchten, die Füße auf dem Holztisch davor, auf dem zwei Bierflaschen standen und Teller mit zerknüllten Servietten. Rechts neben den Männern stand eine Liege, die an Strand und Urlaub erinnerte. Ein junges Mädchen im Minirock, schätzungsweise vierzehn Jahre alt, lag darauf und hatte die Augen geschlossen. An ihrem linken Oberarm ein Stauschlauch, auf dem Boden eine Spritze. Sie schlief, dämmerte vor sich hin oder war bereits verstorben.

Ein Windspiel, gestaltet wie eine Blume mit gelben, grünen und orangen Blättern drehte sich langsam im Wind.

An einem der Fenster im ersten Stock stand ein Mädchen mit langem, blondem Haar. Es hielt ein weißes Tuch in der Hand und winkte. Plötzlich tauchte eine Gestalt auf und riss das Mädchen vom Fenster fort. Der Rollladen wurde herunter gelassen.

Zur linken Seite und in einiger Entfernung erkannte Lina ein rosafarbenes Gebäude, das sie als Schloss Oberhausen identifizierte und schließlich den Gasometer, der aussah, als habe man ihn in weiße Laken gehüllt und der damit etwas Schutzbedürftiges, Verletzliches an sich hatte.

Sie schwenkte mit dem Fernglas wieder zu dem Haus in der Wohnsiedlung. Es musste sich hier um Grafenbusch handeln. Hanno Fischer stand nun vor dem Mädchen, entfernte den Stauschlauch, schob ihren Rock höher und öffnete seinen Reißverschluss.

Lina setzte das Fernglas ab. Ein Gefühl der Übelkeit breitete sich in ihr aus, erst nur andeutungsweise, doch als sie spürte, wie sich der Speichel in ihrem Mund zusammenzog, da rannte sie den Flur entlang und fand die Toilette gerade noch rechtzeitig, bevor sie sich in einem heftigen Schwall erbrach. Von hinten, wie aus dem Nichts, kam eine Hand. Sie betätigte die Klospülung und reichte Lina ein Glas frisches Wasser.

Zu geschwächt, um darüber nachzudenken, nahm sie das Glas, gurgelte und spuckte das Wasser in die Toilette.

Dann reichte ihr der Diener ein Tuch und half ihr zum Waschbecken.

„Danke, dass Sie gekommen sind!"

„Selbstverständlich! Schließlich haben Sie mich gerufen."

Sie wusch sich die Hände, dann das Gesicht und schaute kurz in den Spiegel. Es lohnte sich nicht, länger hinzuschauen.

Er reichte ihr einen Concealer. Das Make-Up stellte er auf den Rand des Waschbeckens.

„Was soll ich denn damit? Denken Sie, ich habe jetzt nichts Besseres zu tun, als mich zu schminken?"

„Doch, natürlich! Ich dachte nur, Sie möchten nicht ganz so mitgenommen aussehen, wenn Sie zu Ihrer Dienststelle fahren, um das zu melden, was Sie gesehen haben."

Sie nahm den Concealer und begann, die Schatten unter ihren Augen abzudecken.

„Vielleicht sagen Sie mir noch, wo sich das Haus da drüben befindet."

„Verehrte, das wissen Sie längst."

„Sie gehen mir langsam auf die Nerven. Wo ist das?"

„In Grafenbusch."

Es war mitten in der Nacht, als Lina aus diesem Traum erwachte. Sie schaffte es gerade noch rechtzeitig, zur Toilette zu kommen, bevor sie erbrach.

Dann spülte sie den Mund aus, lief in die Küche und kochte Fencheltee. Sie wusste, dass sie nicht sofort wieder einschlafen würde und so setzte sie sich im Bademantel und mit einer dicken Decke auf die Terrasse.

Es war gar nicht so kalt, stellte sie fest. Und der Tee tat gut.

Sie fühlte, dass sie nicht noch einmal erbrechen müsste. Die Übelkeit war anders als beim letzten Mal, als sie sich in einem Restaurant den Magen verdorben hatte und stundenlang erbrechen musste. Diesmal wusste sie, dass es bei dem einen Mal bleiben würde.

Es war schlicht ein Kommentar zu den Erlebnissen im Traum. Sie fand das Geschehen zum Kotzen. Sie trank den Fencheltee in kleinen Schlucken. Die Nacht war fast geräuschlos. Nur selten hörte sie ein Auto oder ein Käuzchen, das rief.

Aufgewühlt ließ sie den Traum wie einen Film vor ihrem inneren Auge noch einmal ablaufen.

Sie holte ein Notizbuch und einen Stift und notierte:

 - Haus mit Garten, Mädchen mit Spritze
- Hanno Fischer und Kumpel
- Ein Windspiel wie eine Blume mit bunten Blättern.
- Funkantenne
- Gasometer
- Schloss Oberhausen
- Grafenbusch

Hiernach überlegte sie, ob sie zusätzlich einige Sätze aus dem Dialog mit dem Diener aufzeichnen sollte, kam aber zu dem Schluss, dass diese für die Ermittlungen irrelevant waren.

Sie gehörten in ein anderes Kapitel.

Lina dachte an ihren Kollegen Frank König. Am liebsten würde sie ihn auf der Stelle anrufen. Sie nahm ihr Handy aus der Tasche des Bademantels. Die Uhr zeigte 3.00 Uhr, eindeutig zu früh. Wahrscheinlich schlief er.

Ihre Unruhe war jedoch so ausgeprägt, dass sie sich entschied, ihm eine Nachricht über WhatsApp zukommen zu lassen.

Lina:
Guten Morgen, Frank, ich muss dich nachher dringend sprechen. Ist sehr wichtig. Ich glaube, ich habe Hinweise.... Mehr möchte ich hier darüber nicht schreiben.

Doch Lina irrte. Ihr Kollege lag wach im Bett und hörte die Vibration seines Handys. An den gleichmäßigen, ruhigen Atemzügen seiner Frau erkannte er, dass sie noch immer schlief. Sie hatte nichts bemerkt. Er nahm das Handy vom Nachttisch und las. Schmunzelnd schrieb er Lina eine Antwort.

Frank:
Guten Morgen, liebste Kollegin, noch wach? Wie kommt's? Was lässt dich denn nicht schlafen?
Natürlich habe ich morgen Zeit. Ich bin schon um 8.00 Uhr im Büro. Also, wenn du es schaffst, kannst du auch schon um 8.00 Uhr kommen.

Die Überraschung war groß, als Lina die eingehende Nachricht auf ihrem Handy bemerkte.

Lina:
Ich hatte einen interessanten Traum. Von dem muss ich dir unbedingt erzählen.

Aus Versehen klickte sie zu früh auf Senden, noch bevor sie Näheres zu dem Traum geschrieben hatte. Sie wusste, dass es für ihn ein gefundenes Fressen war. Prompt kam die Antwort.

Frank:

Dann leg mal los! Ich höre dir gern zu, wenn du mir nachts von deinen Träumen erzählst.

Lina wusste, dass er gern Gelegenheiten zum Flirten nutzte. Worin allerdings sein Erfolg bei Frauen bestand, konnte sie nicht genau sagen. Es lag mit Sicherheit nicht an seinem Aussehen. Die Narben in seinem markanten Gesicht sprachen von einer schweren jugendlichen Akne und seine Nase wäre eine Nummer kleiner auch etwas unauffälliger gewesen. Seine Haut glänzte immer noch leicht fettig, als würde er niemals aus der Pubertät herauskommen, was ganz gut zu seinem Verhalten passte, oft leicht grenzüberschreitend, provokativ, doch nahm man es ihm nicht so übel, weil er den Eindruck vermittelte, ein ewiger Jugendlicher zu sein.

Lina:

So ist das nicht gemeint, wie du das jetzt vielleicht verstehst. Der Traum hat mich auf eine Idee gebracht in unserem Fall. Du verstehst?

Frank:

Auf die Idee bin ich jetzt aber mal gespannt!

Sehr gut konnte sie sich jetzt seinen Gesichtsausdruck vorstellen und auch den Klang seiner Stimme, wenn sie sich nun gerade in einem Gespräch befänden.

Lina:
Du bist albern.

Frank:
Vielleicht. Liegt wohl an der Uhreit.

Lina überlegte, was sie antworten sollte. Hatte sie es eventuell sogar darauf angelegt, dass der Chat diesen Verlauf nahm?

Lina:
Ja, vielleicht. Vor allem aber finde ich es ziemlich pikant, dass wir schreiben, während du neben deiner Frau liegst. Oder bist du nicht im Schlafzimmer?

Sie wusste, dass sie ein Tor geschossen hatte. Diesmal dauerte es etwas länger, bevor die nächste Nachricht kam. Er überlegte.

Frank:
Das war jetzt unfair. Aber du hast Recht. Lass uns morgen darüber reden.

Lina:
Ich komme rüber, wenn ich ausgeschlafen bin. LOL.

Frank:
Wenn du ausgeschlafen bist...
Wusste ich es doch! Du bist auch albern. ;-)

Lina:
Schlaf gut und träum 'was Schönes! ;-)

Frank:

Ja, du auch. Gute Nacht!

Lina:

Gute Nacht!

Frank:

Bis morgen früh, wenn du ausgeschlafen bist!

Frank legte das Handy wieder auf den Nachttisch und deckte sich zu. Er kannte Lina schon viele Jahre und hatte ihr zur Seite gestanden, nachdem ihr Mann verstorben war. Zuvor hatten sie sich in unregelmäßigen Abständen zum Doppelkopf getroffen. Das letzte Mal war er mit seiner Frau bei Lina und Adrian kurze Zeit vor dessen Tod.
Es war ein harmonischer Abend mit leckerem Essen und anschließendem Kartenspiel, das nie zu ernst wurde und stets den Spielcharakter behielt. Niemand wäre auf die Idee gekommen, dass das Leben schon bald darauf eine entsetzliche Wendung nehmen würde.
Lina war zwar weiterhin ihrer Arbeit nachgegangen, doch sie hatte sich in sich selbst zurückgezogen.
Aus diesem Grund freute er sich, dass es ihr mittlerweile wieder möglich war, ein bisschen herum zu albern.

Lina saß noch immer auf der Terrasse. Doch jetzt wurde ihr kalt. Sie ging ins Haus, schloss die Terrassentür. Den Bademantel hängte sie im Schlafzimmer auf einen Bügel und legte sich ins Bett. Es war viel zu groß für sie allein. Ein Doppelbett. Sie konnte sich nicht von ihm trennen. Die eine Seite blieb leer. Für immer. Nie wieder wollte sie das Bett mit jemandem teilen. Nie wieder. Auch wenn man 'nie

wieder' nicht sagen sollte.
Wer weiß...

Zwei Jahre waren seit Adrians Tod vergangen und sie wusste, dass er es nicht gewollt hätte, dass sie für immer allein bleiben würde. Aber bereits die Vorstellung, sich auf einen anderen Mann einzulassen, fühlte sich an wie Verrat. Sie wollte es sich nicht einmal vorstellen und fürchtete sich davor, sich eines Tages doch erneut zu verlieben.
Der Schlaf wollte einfach nicht kommen. Sie öffnete das Fenster. Eine Klimaanlage dröhnte irgendwo in der Nähe. Sie ließ den Rollladen zur Hälfte herunter. Doch ganz dunkel war es nicht. Es gab immer von irgendwo ein Licht.

Lina dachte an die gemeinsamen Abende, die sie mit Adrian, Frank und seiner Frau verbracht hatte. Sie erinnerte sich daran, wie sie mit Frank in den Keller gegangen war, um einen Wein auszusuchen, wie er an den Regalen entlang gegangen war und plötzlich diesen traurigen Gesichtsausdruck hatte. Mit einer Hand streifte er die Flaschen, ohne einen Wein heraus zu ziehen. Und als sie fragte, ob alles in Ordnung sei, gab er zur Antwort, dass die Flaschen ihn an seinen Vater erinnerten, der jähzornig und gewalttätig gewesen war und der unter Alkoholeinfluss jegliche Kontrolle verloren hatte.
Dann schob er den Ärmel seines Pullovers hoch und zeigte ihr seine Narben.
Lina nickte.
„Ich weiß."
„Was weißt du?"
„Dass dein Vater gewalttätig war."
„Woher?"

„Sagen wir mal, ich habe es gespürt."

„Wie kann man so etwas spüren?"

„Das weiß ich nicht."

„Manchmal bist du mir unheimlich, Lina."

„Das muss es nicht. Komm, lass uns nach oben gehen!"

Dann nahm sie seine Hand und zog ihn zur Treppe.

Es gab so Vieles, worüber Lina nachdachte und so Vieles, das sie bemerkte, das sich ihr aufdrängte, ohne dass sie sich aktiv darum bemühte. Manchmal wusste sie nicht, ob sie ihre Gabe lieber nicht gehabt hätte. Aber das war nichts, worüber sich entscheiden ließe, nichts, was man wählen oder abwählen konnte.

Das Handy auf ihrem Nachttisch vibrierte. Sie nahm es zur Hand und las:

Frank:
Bist du noch wach?

Lina:
Ja. Kannst du auch nicht schlafen?

Frank:
Nein.

Lina:
Ich muss an früher denken.

Frank:
Geht mir auch so. Komm doch am Samstag zu uns! Würde mich sehr freuen. Wir können zwar nicht mehr Doppelkopf

spielen, aber es gibt ja auch andere Spiele. Oder wir sitzen einfach nett zusammen und essen 'was Leckeres.

Lina:
Ich überlege es mir.

Frank:
Ach, komm schon! Sag ja!

Lina:
Okay. Soll ich etwas mitbringen?

Frank:
Ja. Dich. Das wäre ganz wunderbar.

Lina:
:-)

Frank:
Ich mag dich. Das hätte ich dir eigentlich längst mal sagen können. Wahrscheinlich wusstest du es aber schon.

Lina:
Es ist aber etwas anderes, wenn man es ausspricht. Danke. Ich mag dich auch. Wahrscheinlich wusstest du es. ;-)

Frank:
:-)
Gespräche zur Nacht sind viel schöner als tagsüber.

Lina:
Ist man dann mutiger?

Frank:
Vielleicht dringt man mehr zum Wesentlichen vor und ist weniger gehemmt. Vielleicht ist man nachts berührbarer, irgendwie echter halt.

Lina:
Kennst du den Film 'Our Souls At Night'?
An den muss ich gerade denken.

Frank:
Nein. Kenne ich nicht. Hört sich interessant an.

Lina:
Schau ihn dir mal an. Eine ungewöhnliche Geschichte. Ich kann ihn dir ausleihen.

Frank:
Gern.

Lina:
Ich bringe ihn morgen mit ins Büro. Gute Nacht, Frank!
:-)

Frank:
Danke. Gute Nacht, Lina!

Lina lag noch lange wach.
Die Alarmanlage eines Autos heulte auf. Schritte auf Schotter.
Streitende Stimmen.
Ein Garagentor, das quietschend geöffnet und geschlossen wurde.

Und die Gedanken an Frank, der mehr als nur ein Kollege war.
I guess, perhaps, he is a friend.
Dieser Gedanke begleitete Lina in den Schlaf.

Kapitel 28

Frühjahr 2020

Bleiern begann der nächste Morgen. Im Zimmer war es unangenehm warm. Lina zog den Rollladen hoch, öffnete das Fenster und legte sich noch einmal hin, wenigstens für einen Moment noch. Vom Bett aus konnte sie die Zweige der Akazie sehen und den wolkenlosen Himmel, ein glückliches Blau, klar und sanft. Sie wunderte sich nur, dass der Wecker nicht geschellt hatte. Es musste später sein, als ihr lieb war. Auf dem Nachttisch stand er nicht mehr. Sie stand auf und fand ihn vor dem Bett auf dem Boden.
Einer ungewöhnlichen Nacht folgt bisweilen ein ungewöhnlicher Morgen.

Schlaftrunken setzte sich Lina mit einer Tasse Kaffee und einem Müsli mit Obst ins Wohnzimmer. Auf der Terrasse huschte lebhaft ein Eichhörnchen hin und her und blieb gelegentlich vor dem Fenster stehen, als wollte es mit seinen aufmerksamen Knopfaugen hineinschauen.
Lina winkte ihm zu. Das Eichhörnchen neigte den Kopf und wartete. Vielleicht sollte ich ihm eine Schale mit Nüssen nach draußen stellen, überlegte sie. Nach dem Frühstück bringe ich dir Nüsse, mein Kleines.

Noch müde dachte sie an die letzte Nacht, an den seltsamen Traum und den Dialog mit Frank. Alles war so intensiv und gleichzeitig beinahe unwirklich, dass sie fast an den Geschehnissen gezweifelt hätte, wenn da nicht der Chat-

verlauf bei WhatsApp gewesen wäre.

Sie rieb sich die Augen.

Lina wusste, dass sie sich jetzt sputen musste, wenn sie bis zehn Uhr im Büro sein wollte. Hinter ihrer Stirn pochte es. Sie würde es niemals schaffen. Sie scrollte in dem Chatverlauf und fand die erlösende Nachricht. Tatsächlich hatte sie ihrem Kollegen geschrieben, dass sie vorbei kommen würde, wenn sie 'ausgeschlafen' hätte. Eigentlich war das als Scherz gemeint. Sie entschied, ihm eine kurze Notiz zukommen zu lassen.

Lina:

Guten Morgen, Frank! Ich komme etwas später, so um 10.30 Uhr.

Liebe Grüße!

Der heiße Kaffee tat gut. Das Eichhörnchen stand noch immer vor dem Fenster.

Lina ging in die Küche und befüllte eine kleine Schale mit Walnüssen, Haselnüssen und Cashewnüssen. Sie öffnete die Terrassentür. Das Eichhörnchen hielt Abstand, lief aber nicht davon. Dann wollen wir doch mal sehen, welche Nüsse du besonders magst! Erst nachdem sie die Tür wieder geschlossen hatte, näherte es sich der Schale.

Am liebsten wäre Lina zu Hause geblieben, hätte dem Treiben im Garten zugeschaut, sich auf ihre Liege gelegt und ihren Gedanken nachgehangen.

Wieder dachte sie an den Traum und sie überlegte, wie sie ihrem Kollegen davon erzählen könnte, ohne dass er an ihrem Verstand zweifelte. Am besten würde sie ihre Ausführungen mit den Worten beginnen:

'Zu manchen Erkenntnissen gelangt man auf unübliche Art und Weise, zum Beispiel über Intuition oder einen Traum'.

Lina stocherte in ihrem Müsli herum. Irgendetwas fehlte. Aus der Küche holte sie noch ein paar Heidelbeeren. Jetzt ließ es sich schon etwas besser essen, aber es war immer noch zu trocken. Erneut stand sie auf und kehrte mit einer Tüte Sojamilch zurück. Großzügig goss sie die Flüssigkeit in die Schale. Normalerweise hatte sie die Mischung für das tägliche Müsli perfektioniert. Normalerweise...

Wieder wanderten ihre Gedanken zu dem Traum, zu dem Diener, der zur Stelle war, wenn sie ihn rief, der sogar kam, wenn sie nur an ihn dachte. Schade, dass das in der Realität nicht auch so funktioniert! Nun ja, wie sollte es auch? Aber heute wäre es nicht schlecht gewesen, wenn ihr jemand das Frühstück bereitet hätte und sie sich um nichts hätte kümmern müssen. Müde verrührte sie mit ihrem Löffel die Sojamilch, als plötzlich ihr Handy vibrierte.

Frank:
Guten Morgen, Lina! Ist okay. Du hattest ja gestern schon angekündigt, dass du kommst, wenn du ausgeschlafen bist. LOL. Bis gleich. Liebe Grüße!

Um 10.30 Uhr hatte sie es endlich bis zum Kommissariat geschafft. Frank saß an seinem Schreibtisch, auf dem sich Papiere und Akten stapelten. Blass war er und seine Haare machten den Eindruck, als hätten sie sich am Morgen geweigert, gekämmt zu werden.
Lina betrat sein Büro mit Mundschutz und schloss die Tür.
„Guten Morgen, Frank!"

„Guten Morgen! Wenn du magst, zieh die Maske ab. Ich öffne das Fenster und wir setzen uns einfach weit auseinander."

„Gute Idee. Mit der Maske versteht man auch oft gar nicht richtig, was der andere sagt."

„So ist es. Oder man muss so laut sprechen, dass jeder mithören kann. Magst du einen Kaffee, Lina?"

„Eine ganze Kanne bitte!"

„Ich verstehe. Geht mir auch so."

Die Kaffeemaschine lief meistens auf Hochbetrieb und gurgelte mühsam vor sich hin.

„Und jetzt erzähl mal, was eigentlich los war letzte Nacht. Du hattest einen Traum erwähnt."

„Erstmal danke für den Kaffee. Also, es war folgendermaßen. Ich hatte diesen merkwürdigen Traum, und er hatte mit dem Hanno-Fischer-Fall zu tun."

Sie wartete einen kurzen Moment, um seine Reaktion einzuschätzen.

„Und?"

„Bitte nicht lachen!"

„Lina, ich lache nicht."

„In dem Traum war ich in einem Anwesen, einem großen, herrschaftlichen Gebäude, und konnte vom Fenster aus mit einem Fernglas in einen Garten sehen, in dem sich ein Windspiel befand, das so aussah wie das Windspiel, das du beschrieben hattest und das auf den Fotos zu sehen war."

„Ich verstehe. Wenn man die Fotos vergrößerte und den Blick in den Garten hatte."

„Genau! In diesem Garten saßen Hanno Fischer und noch ein Mann und neben ihnen lag eine Jugendliche auf einer Liege mit einem Stauschlauch um den Arm. Auf dem Boden lag eine Spritze."

„Okay. Und weiter?"

„Auf dem Dach des Hauses befand sich eine große Funkantenne und ich bin mir ziemlich sicher, dass sich das Haus in der Siedlung Grafenbusch befindet."

„Warum?"

„Weil ich gleichzeitig den Gasometer und Schloss Oberhausen sehen konnte. Und meine Enkelin hatte mir erzählt, dass Hanno Fischer davon gesprochen hatte, dass sich sein sogenanntes Domizil im 'Busch' befindet. Dabei habe er immer so merkwürdig gegrinst. 'Busch', verstehst du? 'Busch', Grafenbusch."

„Und was vermutest du, was das jetzt bedeutet?"

„Ich weiß, dass das ein bisschen verrückt ist, aber lass uns doch einfach mal nach Grafenbusch fahren und nach einem Haus mit großer Funkantenne Ausschau halten. Wahrscheinlich parkt dort auch sein Auto direkt vor der Tür. Dann hätten wir vielleicht die Adresse von Hanno Fischers Zweitwohnung."

„Puh, das ist ein bisschen weit hergeholt! Allerdings wundert mich bei dir gar nichts mehr. Ich kenne dich nun auch schon lange genug. Für dich gibt es einfach keine Schublade."

„Ich weiß, dass es verrückt ist, aus einem Traum Hypothesen abzuleiten. Aber es sind nur Hypothesen, die ich nicht als bestätigt ansehe und es bedeutet nicht viel Aufwand, sie einmal zu überprüfen. Schlimmstenfalls ist da nichts von Belang."

„Da hast du nun auch wieder Recht."

„Wir müssen es ja vorher niemandem auf die Nase binden."

„Das ist vermutlich auch besser so", sagte er schmunzelnd.

„Jetzt musst du doch lachen!"

„Nein, Lina, ich schmunzle nur. Mir kannst du das alles

erzählen. Wirklich! Ich habe mir nur das Gesicht unseres Chefs vorgestellt, wenn du ihm diese Geschichte auftischst."
Lina brach in Gelächter aus.
„Na, siehst du mal! Jetzt lachst du selbst."
„Du hast ja Recht, Frank. Irgendwie ist das auch zum Lachen."
„Nun gut! In deinem Traum geht es auch noch um Drogen, sagst du. Meinst du, das ist Zufall?"
„Wir werden es herausfinden."

Als Lina am Nachmittag auf dem Weg nach Hause noch kurz einkaufen wollte und schon eingeparkt hatte, erblickte sie eine Warteschlange vor dem Supermarkt. In Abständen von jeweils anderthalb Metern standen acht Menschen mit Mund-Nasen-Schutz in einer Reihe und warteten auf Einlass. Ein jeder schob einen Einkaufswagen vor sich her, denn es war nicht mehr erlaubt, ohne einen solchen Wagen das Geschäft zu betreten. Zumindest hatten einige Supermärkte zu dieser Strategie gegriffen, um sicherzustellen, dass die Kunden im Laden den vorgeschriebenen Sicherheitsabstand einhielten. Außerdem hatten sie die Anzahl der Einkaufswagen reduziert, damit niemals zu viele Personen gleichzeitig im Geschäft waren.
Lina verspürte nicht die geringste Lust, sich dort einzureihen und fuhr unverrichteter Dinge nach Hause.

Ihre Enkelin hatte schon mehrfach nach draußen geschaut, in der Hoffnung, dass Lina endlich zurückkam. Sie brühte gerade einen grünen Tee auf, als sie die Großmutter in ihrem schwarzen Golf vorfahren sah.
Juna schob die Gardine zur Seite und winkte bereits, noch bevor ihre Großmutter aus dem Wagen gestiegen war.

Das passt ja gut, ging es Juna durch den Kopf. Dann können wir zusammen Kuchen essen. Sie öffnete die Haustür.

„Hallo Oma! Hast du Lust auf Kuchen?"

„Na, das ist ja mal eine stürmische Begrüßung! Aber sicher doch! Ich muss mich nur kurz frisch machen. Dann kann ich hoch kommen."

„Können wir nicht bei dir essen?"

„Du bist ja ganz aus dem Häuschen. Was ist los?"

„Ach, ich dachte, wir könnten Kuchen essen und du könntest dann wieder von früher erzählen. Bei dir sind wir ungestört."

„Ja, natürlich! Ich lasse den Schlüssel von außen stecken. Bring einfach den Kuchen mit! Ich muss nur schnell duschen und eine Kopfschmerztablette nehmen."

Juna zögerte einen Moment. In der Tat sah ihre Großmutter abgespannt aus, die Ränder unter den Augen waren dunkler als sonst, die Pupillen klein und rote Äderchen traten deutlich in Erscheinung.

„Ist es wirklich in Ordnung, wenn ich gleich vorbei komme? Du siehst erschöpft aus."

„Ist schon okay. Komm rüber! Vielleicht könntest du Sahne schlagen, während ich dusche. Was gibt es denn überhaupt für einen Kuchen?"

„Erdbeerkuchen. Habe ich selbst gemacht."

„Hm. Das klingt verlockend."

Lina war noch im Badezimmer und dabei, sich einzucremen, als sie hörte, wie ihre Enkelin Sahne schlug und den Tisch deckte. Das laute Geräusch des Mixers, das Klappern von Tellern und Besteck und schließlich der Duft frischen, heißen Kaffees. Lina zog eine dunkelgraue Jogginghose aus Baumwolle an und schlüpfte in einen brombeerfarbenen

Nickipullover. Das Badezimmer glich einem Dampfbad. Aber sie liebte es, heiß zu duschen. Sie öffnete das Fenster.

Als Lina das Wohnzimmer betrat, löffelte Juna gerade Sahne auf die Kuchenstücke. Ihr Haar lag wellig um ihre Schultern. Ihre weiße Bluse mit den bunten Früchten darauf passte hervorragend zum Kuchen. Juna hatte Geschmack und Humor.

„Na, du, mein Früchtchen!"

„Wieso Früchtchen?"

„Wegen der Bluse."

„Die ist lustig, nicht wahr?"

„Sehr. Sind sogar Erdbeeren darauf."

„Ich habe mir gedacht, dass dir das auffällt."

„Du kennst deine Oma richtig gut. Komm, lass uns erst den Erdbeerkuchen hier am Tisch essen und dann setzen wir uns auf das Sofa! Da kann ich meine Beine ausstrecken. Ist auch ein bisschen gemütlicher."

Juna nickte.

„Okay. Ich habe ihn nach deinem Rezept gebacken."

„Gut gelungen. Hm, ist der lecker!"

„Finde ich auch. Man könnte ihn auch zum Frühstück essen oder abends. Ist ja eine Obstmahlzeit."

„Da möchte ich nicht widersprechen. Sag mal, Liebes, gibt es eigentlich irgendetwas Neues aus der Schule?"

„Allerdings! Nichts Gutes. Mir tun die Abiturienten so leid."

„Warum?"

„Wegen Corona gibt es keinen Abi-Ball und die Zeugnisausgabe wird auch erbärmlich sein. Sie wird an einem Tag zu zwei unterschiedlichen Uhrzeiten stattfinden, damit die Gruppe nicht so groß ist."

„Kann man verstehen."

„Stell dir vor, die Eltern dürfen nicht teilnehmen! Sie müssen von draußen durch die Fenster schauen."

„Oh je! Das ist trostlos! Sei froh, dass du davon nicht betroffen bist."

„Ja, das bin ich."

„So ein bedeutendes und einmaliges Ereignis wie das Abitur ist nicht wiederholbar. Manches im Leben kann man nicht nachholen. Aber das Erlebnis von 'Abitur in Zeiten von Corona' wird trotzdem unvergesslich bleiben, nur allerdings mit negativem Vorzeichen."

„Corona ist ein Krake."

„Da hast du Recht, meine Liebe."

Nach dem Essen machten sie es sich auf dem Sofa bequem. Lina schaute in den Garten. Ihr Blick brauchte die Möglichkeit, den Raum zu verlassen.

„Wie ging es denn nach Weihnachten im Krankenhaus weiter? Woran erinnerst du dich, Oma?"

„Ich glaube, da muss ich dich jetzt enttäuschen. Ab da habe ich einen Filmriss. Alles, was ich dazu weiß, hat mir meine Mutter berichtet."

„Was hat sie denn gesagt?"

„Nach Weihnachten war ich wochenlang nicht mehr ansprechbar. Ich rührte mich gar nicht mehr. Ich habe auf nichts mehr reagiert, nicht einmal, wenn sie heftig gegen die Scheibe schlug."

„Und warum?"

„Das weiß ich nicht. Ich vermute, man hat mich ins Koma versetzt oder anderweitig sediert. Vielleicht bin ich auch von alleine ins Koma gefallen. Ich weiß es nicht."

„Hat deine Mutter mit dem Arzt gesprochen?"

„Bestimmt. Aber darüber weiß ich nichts."

„Und sie durfte noch immer nicht in dein Zimmer?"

„Nein. Das hat ihr das Herz gebrochen. Sie habe nachts nicht mehr schlafen können und tagsüber habe sie an nichts anderes mehr denken können. Ich gehe davon aus, dass mir meine Mutter nicht alles erzählt hat."

„Traurige Geschichte!"

„Es ist lange her."

„Gibt es denn gar nichts mehr, woran du dich nach Weihnachten selbst erinnerst?"

Ihre Großmutter überlegte.

„Doch."

„Und was?"

„Im Februar besserte sich mein Zustand allmählich. Ich erinnere mich an Folgendes...."

Kapitel 29

Damals

Es ist dunkel, als Lina erwacht. Sie setzt sich auf, nimmt die Taschenlampe aus der Schublade ihres Nachtschränkchens und leuchtet zur Tafel. In der Mitte steht noch immer das Wort 'Hoffnung', links und rechts davon `Mama´ und 'Papa´. Die anderen Buchstaben sind nach Groß- und Kleinbuchstaben sortiert und befinden sich an den Rändern.

Lina richtet die Taschenlampe auf ihren Kalender, die lange Schnur mit den rosa und blauen Schleifen, die von einer Wand bis zur anderen reicht. Verwundert stellt sie fest, dass so viele Schleifen fehlen. Wo sind sie geblieben? Wer hat sie entfernt? Sie kann es sich nicht erklären. Zaghaft stellt sie ihre Füße auf den Boden. Alles dreht sich. Lina setzt sich wieder und wartet, bis der Schwindel vorüber geht. Dann leuchtet sie mit der Taschenlampe zur Fensterbank und entdeckt ihr Fernglas. Sehr langsam geht sie zum Fenster. Ihre Beine fühlen sich an wie Pudding. Der Stuhl, auf dem sie immer hochgeklettert ist, steht noch immer dort. Sie steigt hinauf und setzt sich auf die Fensterbank.

Ob Schnee draußen liegt?

Sie schaut nach unten. Die Dächer der Autos sind weiß und auch die Straße ist weiß. Sie drückt ihre Nase und die Hände gegen die Scheibe, als versuche sie, noch mehr zu sehen, als ihr möglich ist.

Dann nimmt sie das Fernglas und sucht Pan Tau. In seiner Wohnung ist Licht und er sitzt am Tisch. Was macht er da? Sie dreht an dem Rädchen für die Sehschärfe. Er schlürft gerade Spaghetti in seinen Mund. Eine Nudel baumelt noch an seinem Kinn. Spaghetti! Darauf hätte sie jetzt auch Appetit, am liebsten mit Bolognese-Sauce.

Doch Lina spürt, dass sie nur wenig Kraft hat. Erschöpft geht sie zu ihrem Bett zurück und schläft sofort wieder ein.

Sie träumt von ihrer Mutter. Sie hebt Lina in die Sitzschale auf dem Gepäckträger ihres Fahrrades und stellt die Füße links und rechts auf die Fußrasten. Dann setzt sich ihre Mutter auf den Sattel und fährt los. Lina sieht ihren breiten Rücken, das geblümte Kleid und ihre dunkelbraunen, lockigen Haare. Das vertraute Geräusch der starken Metallfedern des ledernen Sattels. Sie fahren die schattige Straße mit den Gaslaternen und den großen, alten Bäumen entlang, biegen dann links in die kurze Straße, die direkt auf den Kindergarten zuführt, an dem Spielplatz vorbei und halten vor der Eingangstür.

Ihre Mutter hebt Lina aus der Sitzschale. Hand in Hand gehen sie auf die Tür zu, öffnen sie und gehen hinein.

Doch statt der Kindergärtnerin steht plötzlich Dr. Greifer im Flur und lächelt ihr zu.

Lina wacht auf und irritiert stellt sie fest, dass Doktor Greifer vor ihrem Bett steht.

„Bist du wirklich da oder träume ich?"

„Sehe ich aus wie ein Traum?"

„Vielleicht."

Er setzt sich zu ihr und legt kurz seine Hand auf ihre Stirn.

„Guten Morgen, Lina, es ist kein Traum. Aber wahrscheinlich hast du vorhin lebhaft geträumt."

Sie nickt verschlafen.

„Ich sehe, du hast dein Fernglas benutzt."

„Pan Tau hat Spaghetti gegessen. Die hätte ich auch gern."

„Ich denke, das lässt sich einrichten. Schön, dass es dir wieder besser geht. Deine Haut heilt endlich und du hast kein Fieber mehr."

Lina setzt sich und lehnt sich an die Wand.

„Ich habe dir etwas mitgebracht. Schau, eine grüne Schleife!"

Sie sieht ihn fragend an.

„Komm, wir gehen zu deinem Kalender!"

Sie nimmt seine Hand und steigt aus dem Bett. Zusammen gehen sie zu der Schnur mit den blauen und rosa Schleifen.

„Warum fehlen da so viele Schleifen?"

„Du hast sehr lange geschlafen. Wir haben jeden Tag eine Schleife entfernt. Und jetzt bleiben wir beide hier an dieser Stelle der Schnur stehen."

„Und dann?"

„Genau an dieser Stelle, wo wir jetzt stehen, kannst du die Schleife befestigen, die ich dir jetzt gebe."

Er reicht ihr die grüne Schleife und eine Wäscheklammer. Verwundert nimmt sie diese entgegen.

„Nun befestige sie!"

Nachdenklich hängt sie die Schleife an die Schnur.

„Wofür ist die grüne Schleife?"

„Sie zeigt den Tag an, an dem du nach Hause gehen darfst. Du hast es bald geschafft."

Kapitel 30

Frühjahr 2020

„Und wie lange dauerte es dann noch, bis du nach Hause durftest, Oma?"

„Es war irgendwann im Februar. Ich weiß nicht, ob es noch zwei oder drei Wochen waren oder vielleicht sogar nur eine Woche. Das Entscheidende für mich war, dass mit der grünen Schleife die Ewigkeit ein Ende nahm. Das Endlose hatte eine Grenze bekommen. Es gab ein sichtbares Ende. Ich wusste, dass ich nach Hause durfte. Auf einen Tag mehr oder weniger kam es nicht mehr an.

Ich erinnere mich an den Tag der Entlassung. Meine Mutter holte mich ab. Wir packten meine Sachen zusammen, verabschiedeten uns und verließen die Station.

Als die Stationstür ins Schloss fiel, blieb ich noch für einen Moment stehen und betrachtete die Tür, die mir riesig erschien. Sie war aus undurchsichtigem, geriffeltem Glas. Ich fühlte mich 'irgendwie'. Ich weiß nicht, wie? Irgendwie halt. In der einen Hand hielt ich eine kleine, blaue Tasche, die mit einem Druckknopf geschlossen wurde, der mit einem gelben, breiten Ring aus Kunststoff verziert war. Mit der anderen Hand hielt ich die Hand meiner Mutter.

Ein Taxi brachte uns nach Hause."

Kapitel 31

Frühjahr 2020

Es war ein schöner Frühlingstag, als Lina mit ihrem Kollegen Frank durch die Siedlung Grafenbusch fuhr.

"Verrückt komme ich mir trotzdem vor, dass wir Grafenbusch nach Hanno Fischer absuchen, nur weil du davon geträumt hast, dass er hier seinen Unterschlupf hat."

"Verstehe ich, Frank. Geht mir auch so. Es ist tatsächlich ein bisschen plemplem."

"Ein bisschen? Wir erzählen es auch niemandem."

"Das bleibt unter uns, ja?"

"Versprochen, Lina!"

"Das ist jetzt unser Geheimnis."

"Da gibt es aber pikantere Geheimnisse."

Lina boxte ihm freundschaftlich auf die Schulter. Schelmisch lächelnd boxte er zurück.

Selbst wenn Hanno Fischer hier eine Zweitwohnung oder ein Haus haben sollte, so war er dort amtlich nicht gemeldet. Nirgendwo hatten sie einen Eintrag gefunden. Das musste aber nichts bedeuten. Vielleicht war die Adresse auf einen anderen Namen registriert.

Es dauerte nicht lange, bis sie ein Haus mit einer großen Funkantenne entdeckten und davor den Wagen von Hanno Fischer.

Lina parkte den Wagen auf der gegenüberliegenden Seite.

"Unglaublich! Ich kann es einfach nicht fassen, dass wir Hannos 'Domizil' gefunden haben! Und das, weil du einen

Traum hattest, Lina!"

„Ich war mir ziemlich sicher."

Lina nahm ihr Fernglas zur Hand und stellte die Sehschärfe ein. Offensichtlich war jemand anwesend, denn in den Räumen brannte Licht.

„Ich sehe einen Mann in der Küche. Sollen wir reingehen oder Verstärkung anfordern?"

„Ich bin für Verstärkung. Wer weiß, was uns erwartet. Eine Drohne wäre jetzt auch nicht schlecht", gab ihr Kollege zur Antwort.

„Da hast du Recht. Mit der Drohne könnten wir Einsicht in den Garten erhalten und sehen vielleicht das Windspiel."

„Ja, Lina, das habe ich auch gedacht. Das ist eine sehr gute Idee!"

Frank nahm das Telefon, forderte Verstärkung an und erläuterte die Situation. Wenig später trafen die Kollegen ein.

Schon kurz darauf startete die Drohne und bestätigte den Verdacht. Auf dem Monitor war deutlich das Windspiel zu erkennen.

„Alles klar! Lina, wir gehen jetzt rüber!"

Als sich die Tür nach dem Klingeln öffnete, standen sie einem hageren Mann gegenüber mit verklärtem Blick und einem Grinsen, als befände er sich in einem psychedelischen Traum.

Lina und Frank zeigten ihre Dienstausweise.

„Polizei! Wir suchen Hanno Fischer!"

Bevor der Benebelte überhaupt einen anständigen Satz formulieren konnte, war die Tür bereits von einem Polizeibeamten wieder geschlossen und er ins Wohnzimmer geschoben worden, wo er sich apathisch auf ein abgewetztes, fleckiges Sofa fallen ließ. Die Luft im Haus, genauso vernebelt wie der Bewusstseinszustand des jungen Mannes, war von jener Qualität, dass man am liebsten sofort wieder gegangen wäre. Auf dem Wohnzimmertisch standen mehrere leere Bierflaschen und überfüllte Aschenbecher verbreiteten einen widerlichen Gestank. Auf dem schmutzigen Teppich, der sicherlich einmal bessere Zeiten gekannt hatte, lag ein benutztes Kondom neben einem geöffneten Pizzakarton mit Resten, auf denen sich bereits stellenweise Flaum gebildet hatte.

Während Lina und Frank mit gezogenen Waffen zuerst das Erdgeschoss durchsuchten und anschließend nach oben in den ersten Stock gingen, behielten ihre Kollegen den Mann auf dem Sofa im Blick.
Vorsichtig öffneten sie eine Tür nach der anderen. Von Hanno Fischer keine Spur.
Stattdessen fanden sie in einem der Zimmer zwei junge Mädchen in Unterwäsche auf verdreckten Matratzen. Sie waren nicht ansprechbar. Ihre Kleidung lag auf einem Sessel, achtlos übereinander geworfen. Der ersten Einschätzung nach handelte es sich um ein vierzehnjähriges, vermisstes Mädchen, das vor drei Wochen aus Oberhausen verschwunden war. Das zweite Mädchen war höchstens sechzehn Jahre alt und den Beamten nicht bekannt.
Lina nahm ihre Jacken vom Sessel, deckte sie zu und rief den Krankenwagen, während ihr Kollege sich in den anderen Zimmern umschaute. Er entdeckte den Raum mit der Bildtapete und dem Sonnenuntergang am Strand. Vor dieser Wand waren einige der einschlägigen Fotos entstanden. Als er aus dem Fenster in den Garten schaute, erblickte er das Windspiel in Form der bunten Blume.

„Lina, komm mal rüber!"

Sie kam sofort. Er zeigte auf die Tapete und dann aus dem Fenster.

„Die Fotos sind hier in diesem Zimmer entstanden."

„Ja."

„Du hast Recht gehabt, Lina! Ein bisschen gezweifelt hatte ich ja doch, als du von deinem Traum erzählt hast."

„Ich weiß. Ist schon okay. Aber es bleibt dabei, ja? Wir erzählen niemandem davon. Versprochen?"

„Versprochen!"

Mittlerweile war der Krankenwagen gekommen. Auf dem Weg nach unten begegneten sie den Sanitätern und dem Arzt.

Der Benebelte, der nicht nur eine Rasur, sondern auch gut eine Dusche hätte gebrauchen können, wurde abgeführt. Seine Personalien wurden in der Dienststelle erfasst, Fingerabdrücke sichergestellt und mit gespeicherten Daten verglichen. Das Haus in Grafenbusch war auf seinen Namen eingetragen. Er und Hanno Fischer hatten sich vor ein paar Jahren im Gefängnis kennengelernt. Seitdem machten sie gemeinsame Sache.

Lina war sehr müde, als sie abends das Kommissariat verließ.

Kapitel 32

Frühjahr 2020

Es war einer jener Abende, an denen sich Lina, wenigstens vorübergehend, eine partielle Amnesie wünschte. Bestimmte Gedächtnisinhalte offline stellen. Gedanken und Bilder in eine Kiste packen, Deckel drauf und zuschnüren.

Grafenbusch - Juna hatte gerade noch Glück gehabt. Aber es hätte auch anders enden können.

Unaufmerksam brauste Lina durch eine 30-er Zone und wurde prompt geblitzt und nur ein heftiger Tritt auf die Bremse verhinderte, dass sie über eine rote Ampel fuhr. Ihre Handtasche stürzte vom Beifahrersitz und der Inhalt, Handy, Desinfektionsspray, Maske, Handcreme und ein vergessenes, angebissenes Brötchen in einem Frühstücksbeutel, entleerte sich in den Fußraum.

Sie ließ die Sachen liegen. Es hätte eh keinen Sinn, jetzt aufzuräumen. Die Ampel würde auf Grün springen und hinter ihr würde wildes Hupen losbranden. Früher gab es weniger Aggression im Straßenverkehr. Früher kostete der Sprit auch nur neunzig Pfennig. 'Früher war mehr Lametta'. Früher war alles anders. Nein. Nicht alles. Kriminelle gab es schon immer. Schon immer gab es Kerle, die sich an Mädchen vergingen.

Sie schaltete das Radio ein, klickte sich durch die Sender. Überall nur Berichte und Kommentare zur Pandemie und deren Auswirkungen. Zahlen, Verläufe und stets mehr Meinungen als Fakten. So war es schon immer, so wird es auch immer sein. Früher, heute und in Zukunft.

Sie schaltete das Radio aus und wechselte zu ihrer Playlist. Sie fühlte die Bässe im Lenkrad.

Auf der Mülheimer Straße und Konrad-Adenauer-Allee wieder einmal nur Stop and Go. Im Schneckentempo schob sich die Blechlawine am Schloss Oberhausen vorbei. Eine Dunstwolke aus Abgasen waberte um die Autos herum. Lina schaltete die Lüftung aus. Der Mann im Auto neben ihr drückte einen Zettel mit seiner Handynummer gegen die Scheibe. Irgendwann erreichte sie die Autobahn, gelangte sogar ohne Stau bis zum Autobahnkreuz Oberhausen, fuhr auf die A2 und nach kurzer Zeit die erste Ausfahrt wieder ab. Auf dem Höhenweg parkte sie vor einem Restaurant und bestellte Gnocchi al Gorgonzola to go.

Nur Außerhausverkauf wegen Corona. Sie setzte sich auf die Stufen und wartete. Aus einem Fenster drang laute Musik. Sie schaute die Fassade entlang. Bis auf ein Fenster waren alle geschlossen. Das Lied gefiel ihr, aber sie kannte es nicht. Kein Problem. Shazam half ihr, es zu identifizieren: 'Creep'. Sie fügte es ihrer Playlist hinzu und hörte es sich gleich ein zweites Mal an, nicht gerade laut, doch immerhin so laut, dass jemand aus dem Fenster zu ihr herunter schaute, verwundert über das unerwartete Echo von draußen. Und weil ihr die Musik so gut gefiel, auf den Text hatte sie noch gar nicht geachtet, schickte sie Michael den Link. Der Kellner reichte ihr eine heiße Aluminiumschale und Besteck aus Plastik. Lina zahlte und fragte, ob sie vor Ort essen könnte. Nein, nicht im Lokal! Hier auf der Treppe, auch wenn es unüblich sei. Denn wir leben in einer Zeit, in der das Normale verrutscht ist, also kann auch das Ungewöhnliche und Ver-Rückte normal sein. Wie auch immer. Der Kellner zog die Augenbrauen hoch. Seine Mimik konnte sie nicht deuten, da Mund und Nase durch eine

Maske verdeckt waren, die wahrscheinlich seine Frau genäht hatte.

Die Gnocchi schwammen in einer heißen, fettigen Sauce, deren Geruch man liebte oder nicht. Es gab nichts dazwischen. Gorgonzola war nichts für Jedermann.

Der Kellner wünschte ihr guten Appetit. Sie dankte. Ihr Handy vibrierte. Eine Nachricht von Michael.

Michael:
Hallo Lina, das Lied ist klasse! Ich kenne es. Ein trauriger Text, aber das macht nichts.

Lina:
Das Lied habe ich gerade erst kennengelernt. Ich lese mir nachher mal den Text durch. Momentan esse ich eine Portion Gnocchi, die ich mir vorhin bestellt habe.

Michael:
Ich denke, die Restaurants sind geschlossen?

Lina:
Stimmt. Ich sitze draußen.
Ich bin das Mädchen auf der Treppe.

Michael:
;-)

Und schon schickte er ihr das passende Lied. Sie verstanden sich, auch zwischen den Zeilen und mit ihren Anspielungen.

Lina spießte jedes Kartoffelklößchen einzeln auf und zog es durch die Sauce.

Ihre Gedanken wanderten zu Hanno Fischer.

Sex, Macht und Geld.

Meistens ging es darum.

It´s always the same!

Es widerte sie an. Diese Kerle kotzten sie an. Sie bemerkte den Kellner erst, als er sich eine Zigarette anzündete.

„Schmeckt es Ihnen, Madame?"

„Aber ja. Sehr lecker!"

„Sie schauen so grimmig, als wenn irgendetwas mit dem Essen nicht stimmt."

„Nein, nein! Alles in Ordnung! Es ist wirklich sehr lecker. So 'was habe ich jetzt gebraucht."

„Nur schade, dass ich Ihnen drinnen keinen Platz anbieten darf."

„Ja, das ist schade! Zum Glück ist es nicht kalt. So kann ich hier auf den Stufen sitzen. Und von dem Fenster da oben kommt sogar Musik."

Lina zeigte zur Hauswand.

„Ja, das stimmt. Ich wünsche Ihnen noch einen schönen Abend."

„Danke, das wünsche ich Ihnen auch!"

Auf dem Weg nach Hause überlegte sie, dass man vielleicht mit Jacke und Decke noch eine Weile auf der Terrasse sitzen könnte. Es war für die Jahreszeit ungewöhnlich warm. Sie wollte allein sein. Heute wäre sie keine gute Gesprächspartnerin für ihre Enkelin. Das wusste sie. Sie würde heute für niemanden mehr eine gute Gesprächspartnerin sein.

Juna bemerkte ihre Großmutter schon, bevor sie den schwarzen Golf überhaupt sah. Bereits von Weitem hörte sie die Bässe dröhnen, als Lina herannahte.

Juna öffnete das Küchenfenster.

„I am he as you are he as you are me
and we are all together.
See how they run like pigs from a gun,
see how they fly.
I´m crying.

Sitting on a cornflake
waiting for the van to come.
Corporation T-Shirt, stupid bloody Tuesday.
Man, you´ve been a naughty boy,
you let your face grow long.

Nicht schlecht, dachte Juna, zückte ihr Handy und suchte über Shazam den Titel. Binnen kürzester Zeit hatte die App das Lied erkannt: ´I Am The Walrus´ von den Beatles.

Charlotte, die ihrer Tochter zuschaute, schmunzelte.
„Du hättest auch mich fragen können, wie das Lied heißt."
„Wieso? Kennst du es?"
„Na klar! Mit den Beatles bin ich sozusagen aufgewachsen. Oma hat immer viel Musik gehört. Die Beatles haben eben dazugehört. Oft hat sie sogar mitgesungen. Ich glaube, ich war das einzige Kind im Kindergarten, das Beatles-Lieder gesungen hat anstelle der Kinderlieder von Zuckowski."
„Tja, Oma ist halt speziell."
„Da sagst du ´was. Ich glaube, es ist gut, wenn du Oma heute mal eine Pause gönnst von euren Ausflügen in die Vergangenheit."
„Wieso meinst du?"
„Wenn sie schon mit derart lauter Musik hier ankommt,

dann hatte sie einen anstrengenden Tag. Wer weiß, was heute wieder im Dienst los war."

"Aber vielleicht möchte sie bei uns mit zu Abend essen? Dann müsste sie nicht selbst kochen. Vielleicht würde ihr das gefallen."

"Juna, ich bitte dich! Lass sie heute mal für sich sein! Oma verhungert nicht."

"Hm. Ich meine es ja nur gut."

"Ich weiß."

Sie hörten die Haustür ins Schloss fallen, dann das Klimpern der Schlüssel und das Zuknallen der Wohnungstür.

"Siehst du, Juna?"

"Was hat sie nur?"

"Ich sagte ja, wer weiß, was bei der Arbeit los war..."

Schon nach kurzer Zeit drang aus Linas Wohnung laute Musik und zwar so laut, dass Juna und Charlotte die Vibrationen unter ihren Füßen spürten. Als Lina dann auch noch die Terrassentür öffnete, waren sie sich sicher, dass die gesamte Nachbarschaft mithören konnte.

"Sind andere Omas eigentlich auch so?"

Charlotte lachte.

"Nein. Ich glaube, nicht. Kann ich mir jedenfalls nicht wirklich vorstellen."

"Was hört sie denn da? Ich frage jetzt erstmal dich und nicht Shazam."

Juna zwinkerte ihrer Mutter zu und grinste.

"Das sind wieder die Beatles: 'Don't Let Me Down'."

"Du kennst sie alle, nicht wahr?"

Charlotte überlegte kurz.

„Nicht alle, aber viele. Ich bin eben das Kind deiner Großmutter."

'Das Kind deiner Großmutter', wiederholte Juna in ihren Gedanken. Der Satz berührte sie, ohne dass sie wusste, warum. Sie nahm ihr Handy und fügte die beiden Beatles-Lieder ihrer Playlist hinzu.

Es dauerte eine halbe Stunde, bis die Musik im Erdgeschoss leiser wurde und Juna hörte, wie ihre Großmutter auf die Terrasse hinausging. Schritte, das Zurechtrücken des Gartenstuhls, das Schieben des Aschenbechers auf dem Holztisch und das Geräusch des Feuerzeugs, kurz bevor der Rauch nach oben zog. Juna saß auf dem Balkon mit einer Tasse Tee, einer dicken Decke und einem Roman. Charlotte hatte einen Heizstrahler besorgt.

Lina kam nicht zur Ruhe. Ihre Gedanken kreisten immer wieder um das eine Thema. Was wäre gewesen, wenn sie Hanno Fischer nicht rechtzeitig enttarnt hätten?

Was wäre gewesen, wenn sie Juna in Grafenbusch vorgefunden hätte, in den Fängen des Benebelten? Sie versuchte, an etwas anderes zu denken. Aber wie?

Der Rasen müsste gemäht werden, überlegte Lina, und das Unkraut müsste auch mal wieder entfernt werden.

An nichts zu denken, war gar nicht so einfach. Was ist eigentlich 'nichts'? Das Nichts...

Verrückt, dass es für etwas, dass es nicht gibt, ein Wort gibt. Die Abwesenheit von Vorhandensein.

Lina begann zu frieren. Sie ging ins Haus zurück, schloss die Tür, doch die innere Unruhe, dieses Aufgewühltsein hatte sich noch immer nicht gelegt. Vielleicht half Bewegung?

Sie nahm ihr Handy, scrollte in der Playlist und suchte nach

Liedern, zu denen sie tanzen könnte. Das Entscheidende dabei war die Melodie, nicht der Text. Schließlich entschied sie sich für 'Escucha Me' von den Gipsy Kings und begann sich zu bewegen, anfangs noch etwas ungelenk und angespannt, doch allmählich fühlte sie sich freier.

Mehrfach drückte sie auf Repeat und tanzte sich in einen Rausch hinein. Später tippte sie in der Playlist auf ein Lied von Ellie Goulding. Zu 'Lights' tanzte sie weiter. Und schließlich durfte 'Hyper Hyper' von Scooter auch nicht fehlen. Endlich fühlte sie sich besser. Die Anspannung ließ nach. Das Herz schlug bis zum Hals. An nichts mehr denken! Nur noch Musik hören und ganz Bewegung sein! Lass mich alles vergessen, alles, was belastet! Ich will tanzen die ganze Nacht! Bis in den Morgen hinein will ich tanzen und an nichts mehr denken! Nur Musik hören, ganz und gar Musik sein!

Ein Gefühl der Ruhe breitete sich in ihr aus, und nachdem sie fast zwei Stunden getanzt hatte, setzte sie sich auf ihr Sofa und suchte ein Lied, das sie kürzlich bei Juna gehört hatte. Wie hieß es noch? Sie erinnerte sich, dass sie bei dem Titel daran gedacht hatte, dass er nicht zu einem jungen Mädchen wie Juna passte. Dann fiel es ihr wieder ein und sie fand das Lied auf YouTube: 'Wasting My Young Years' von London Grammar. Die melancholisch schöne Stimme von Hanna Reid ging unter die Haut. Nur das Video zu dem Lied blieb mal wieder ein Rätsel.

Es war nicht auszuschließen, dass es die Kombination aus dem Liedtitel und der Stimme war, dass sie der aufsteigenden Traurigkeit nichts entgegen zu setzen hatte, vielleicht auch gar nicht wollte und sie konnte es nicht verhindern, dass ihre Augen sich mit Tränen füllten, die kaum jemals jemand sah.

Sie dachte an ihren Vater, der zwar immer präsent und doch ein Fremder geblieben war. Von ihm kannte sie den Ausdruck 'leise weinend', der zu ihm genauso passte wie zu ihr. Doch schob sie weitere Gedanken an ihn zur Seite. Sie dachte an ihre Mutter und fragte sich, wie glücklich sie eigentlich mit dem Leben gewesen war, das sie geführt hatte.

Nur wenige Monate vor ihrem Tod standen sie im Krankenhaus am Fenster und schauten hinaus, hinüber zu dem Park, der keiner war. Aber es wäre eine schöne Vorstellung gewesen. Und ihre Mutter fragte leise: „Warum liegen Friedhöfe direkt gegenüber vom Krankenhaus?" Nur war es keine Frage. Sie teilte Lina das Untersuchungsergebnis mit. Noch eine Weile standen sie dort am Ende des Flurs, schweigend Hand in Hand. Und dann sagte ihre Mutter leise, aber eindringlich: „Lina, lass dich niemals von deinem Weg abbringen!"

'Maybe I'm wasting my young years...'
Hanna Reid sang noch immer ihr trauriges Lied.
'I've heard it takes some time to get it right...'

Lina fragte sich, was sie überhaupt von ihrer Mutter wusste. Hatte sie jemals etwas preisgegeben von ihren Hoffnungen, Wünschen und Ängsten? Hatte ihre Mutter das Gefühl gehabt, vom Leben betrogen worden zu sein?

Schließlich schaltete Lina die Musik aus, zog Adrians Jacke an und setzte sich noch einmal auf die Terrasse. Der Himmel war sternenklar. Damals, als Kind, hatte sie sich etwas gewünscht, wenn eine Sternschnuppe vorüberzog.
Was würde sie sich heute wünschen?

Kapitel 33

Frühjahr 2020

Eigentlich wäre es das Vernünftigste, wenn ich ins Bett ginge, überlegte Lina. Doch was soll ich da? Ich habe keine Lust zu schlafen. Außerdem würde ich kein Auge zutun. Ich würde mich nur von links nach rechts drehen, schwitzen, das Fenster öffnen, frieren, das Fenster schließen und mich nachfolgend darüber ärgern, dass ich es überhaupt versucht hatte.

Aber ich muss morgen wieder früh aufstehen. Vielleicht sollte ich Frank eine Nachricht schreiben, dass ich später ins Büro komme. Gute Idee. Das mache ich jetzt. Und schon tippte sie eine Nachricht über WhatsApp.

Schließlich rief sie erneut ein Lied von London Grammar auf, diesmal `Nightcall`, was ihre traurige und sehnsüchtige Stimmung nur umso mehr intensivierte.

Am liebsten würde sie etwas völlig Unvernünftiges tun. Nur was? Man sehnt sich kaputt und weiß nicht, wonach.

Rilkes Panther fiel ihr ein, eine Strophe aus dem Gedicht ganz besonders:

„Der weiche Gang geschmeidig starker Schritte,
der sich im allerkleinsten Kreise dreht,
ist wie ein Tanz von Kraft um eine Mitte,
in der betäubt ein großer Wille steht."

Sie dachte an Michael und wünschte sich, ihn genau jetzt zu sehen.

Warum? Das konnte sie nicht sagen, und sie verspürte auch nicht den geringsten Drang, das Motiv genauer zu ergründen. Ist die Suche nach Motiven nicht etwas für den Tag?

„Lass es unergründet sein!", schoss es ihr durch den Kopf.

Ihr Verlangen, Michael einen Besuch abzustatten, wuchs. Und so kam es, dass sie ihn kurzerhand anrief, unergründet, aber mit Sicherheit nicht unbegründet.

Es klingelte höchstens dreimal, da nahm er schon das Telefonat entgegen, überrascht zwar, aber nicht abweisend, im Gegenteil. Er hatte darauf gehofft, dass Lina anrufen würde. Dass sie es nun zu fortgeschrittener Stunde, also genauer gesagt, des Nachts tat, freute ihn umso mehr.
Natürlich hatte er nichts dagegen einzuwenden, dass sie jetzt zu ihm kam. Nach dem Grund wollte er am Telefon nicht fragen.
Man muss wissen, wann es besser ist, einfach mal nur Ja zu sagen.

Noch während der Autofahrt fragte sich Lina, ob sie dies vielleicht gerade nur träumte, oder ob sie tatsächlich mitten in der Nacht in ihrem Golf saß auf dem Weg zu Michael, der am Telefon auch noch sofort zugestimmt hatte, ohne im Mindesten irritiert oder zögerlich gewesen zu sein. Die Straßen waren angenehm leer. Nur selten kam ihr ein anderes Auto entgegen. Die Ampeln signalisierten freie Fahrt und das Grün leuchtete grell in der Dunkelheit.
Was mache ich hier nur? Wäre es vielleicht besser, wenn ich wieder nach Hause fahre? Wie sieht das denn aus? Das

kannst du nicht machen! Das wäre ja völlig verrückt! Das,
was ich jetzt mache, ist auch nicht viel besser. Normal ist es
jedenfalls bestimmt nicht. Was ist schon normal? Und wen
interessiert es?
Normal......
'Normal' ist eine Ausrede!
'Normal' ist ein farbloser Mensch vor einer weißen Wand.
Nachdem Lina aus dem Wagen gestiegen war, versuchte sie,
die Autotür so leise wie möglich zu schließen, um möglichst
keine Aufmerksamkeit zu erregen. Wahrscheinlich aber
interessierte es sowie niemanden, dass sie soeben
vorgefahren war, von Michael einmal abgesehen, der sie
bereits von seinem Fenster aus gesehen hatte.
Ihre Hand zitterte, als sie auf die Klingel drückte.
Noch ist Zeit zum Weglaufen! Lina, jetzt reiß dich
zusammen! Du bist nicht mehr ganz gescheit!
Das leise Surren des Türöffners. Das Herz schlug ihr bis
zum Hals, als sie den Flur betrat.
Michael lebte mit seinem Bruder im Zweifamilienhaus der
Eltern, das diese ihnen bereits zu Lebzeiten überschrieben
hatten. Während sein Bruder die Wohnung im ersten Stock
mit dem großen Balkon bevorzugte, lebte Michael im
Erdgeschoss mit Terrasse und Garten.
Verlegen und mit gesenktem Blick ging Lina auf Michael zu,
der im Bademantel in der geöffneten Tür stand, so entspannt
und freundlich lächelnd, als wäre es das Selbstverständ-
lichste, mitten in der Nacht Besuch zu empfangen.
„Komm rein, meine Liebe!"
„Bin schon da", sagte sie verlegen.
Er schloss die Tür, nahm ihr den Mantel ab, hängte ihn an
die Garderobe und bat sie, ins Wohnzimmer zu kommen.

Was mache ich hier nur?, überlegte sie

„Es ist nicht so, wie du denkst, Michael."

„Ach, ich weiß gar nicht, was ich denke. Komm, wir setzen uns auf das Sofa! Möchtest du etwas trinken?"

„Einen Wein vielleicht, aber nur, wenn du einen mittrinkst."

„Kein Problem."

„Entschuldige, dass ich hier so hereinplatze."

„Kein Thema. Ich hätte ja 'nein' sagen können."

„Musst du morgen nicht arbeiten?"

„Ich habe Urlaub."

„Ach so."

„Ich hole mal eben den Wein. Kleinen Moment. Rot oder weiß?"

„Wenn es geht, dann rot bitte."

„Geht."

Lina schaute ihm hinterher, wie er in seinem dunkelblauen Bademantel barfuß in die Küche ging. Und wieder kam ihr das Ganze so unwirklich vor. Noch nie zuvor hatte sie ihn im Bademantel gesehen. Ist doch alles nur geträumt, dachte sie. Und gleich klingelt der Wecker. Doch es war kein Traum und Michael kam mit zwei Gläsern Merlot zurück ins Wohnzimmer. Lina stand vor einem Bild und betrachtete es eingehend. Er stellte sich neben sie und reichte ihr ein Glas.

„Schön, dass du gekommen bist."

„Danke, dass ich kommen durfte", gab sie errötend zur Antwort.

„Dir gefällt das Bild, nicht wahr?"

„Sehr. Wo gibt es nur ein derart großes Haus, in dem so hohe Palmen Platz haben? Sieht aus wie ein riesiges Gewächshaus. Und dieser wundervolle Boden aus hellem Marmor. Ich stelle mir vor, wenn man rechts an der Säule um die Ecke geht, dass dort an einem Tisch drei Männer

zusammensitzen und Kaffee trinken."

„Eine inspirierende Vorstellung."

Michael nippte an seinem Glas.

„Die Männer tragen dunkle Anzüge und ihre schwarzen Schuhe glänzen frisch poliert."

„Kannst du hören, worüber sie sprechen?"

„Nein. Aber ich kenne die Musik, die sie hören."

„Was hören Sie?"

Mit einem Finger berührte Lina den Rahmen des Bildes und nahm einen Schluck Wein, bevor sie antwortete.

„Sie hören 'Everybody Hurts' von R.E.M."

„Das kenne ich. Soll ich es auf YouTube suchen?"

Sie nickte.

„Gern!"

Michael stellte sein Glas auf den Wohnzimmertisch, setzte sich auf das Sofa und koppelte sein Handy mit dem Lautsprecher.

Es dauerte nicht lange, bis er das Lied gefunden hatte.

„Danke!"

Als er wieder aufstand, um zu Lina zu gehen, stand sie bereits vor ihm. Da zog er sie zu sich heran und hielt sie fest.

Sie konnte sein Verlangen spüren.

„Lina, lass uns nicht mehr warten! Du weißt, dass ich mich schon immer nach dir gesehnt habe."

„Ich habe es vermutet. Wirklich gewusst habe ich es nicht."

„Bleib bei mir heute Nacht!"

Die Nacht schien endlos. Irgendwann schliefen sie ein. Zeit spielte keine Rolle. Wieder einmal träumte sie von dem Anwesen aus Sandstein mit der großen, ausladenden Treppe. Wieder fühlte sie das hohe Gras an ihren nackten Beinen, doch die Mohnblumen, die sie pflückte, hatten schwarze

Blütenblätter. Sie schlenderte auf das Gebäude zu, das nur wenige Schritte von ihr entfernt war und das einen so unwiderstehlichen Reiz ausübte, dass sie auf der Stelle hineingehen musste.

Barfuß schlich sie den Flur entlang und fühlte den kalten Boden unter den Füßen.

Sie ließ die Blumen zu Boden fallen, kurz bevor sie das hintere Zimmer auf der linken Seite betrat und verweilte für einen Augenblick.

Der Raum war verdunkelt wie eh und je, doch durch die Lamellen der Jalousien fiel Licht in dünnen Streifen auf den Boden. Rechts stand ein schwarzer Steinway Flügel. Lina setzte sich, doch kurz bevor sie mit dem Spielen beginnen wollte, stand plötzlich schon der Diener neben ihr mit den Mohnblumen in der Hand.

„Guten Tag, namenloser Diener, ich habe Sie schon erwartet."

„Ich weiß und ich sehe, dass die Blumen Trauer tragen."

„Begleiten Sie mich nach oben, bitte!"

„Aber natürlich."

In der ersten Etage angekommen, zögerte Lina eine Sekunde, in der sie überlegte, wieder das Fernglas zu nehmen.

Der Namenlose schüttelte den Kopf und zeigte in den Flur mit den vielen Zimmern.

„Sie müssen doch jetzt nicht mehr aus dem Fenster schauen! Das Wichtige sind nun die Türen. Sie müssen die Türen öffnen!"

„Ja, die Türen! Doch mit welcher fange ich an?"

„Das ist einerlei. Die Türen sind sowieso alle für Sie bestimmt."

Aus der Innentasche seines Jacketts zog er ein grünes Fläschchen hervor und reichte es ihr.

„Nehmen Sie einen Schluck! Es gibt Ihnen die nötige Gelassenheit."

Lina nahm das Fläschchen entgegen und trank. Dann lief sie in den rechten Flur und öffnete die erste Tür. In dem Zimmer standen zwei Männer in schwarzen Anzügen und sie erkannte in ihnen die Männer, die einst mit der schwarzen Limousine vorgefahren waren. Vor ihnen lag ein nackter, narkotisierter Mann auf einem Operationstisch. Lina erkannte, dass es Adrian war. Sein Brustkorb war eröffnet, die Rippen aufgespreizt und einer der Männer hielt sein Herz in der Hand. Schockiert schloss Lina die Tür. Sie taumelte zurück. Wortlos legte der Namenlose eine schwarze Stola um ihre Schultern. Als sie sich auf den Boden setzte, tat er es ihr gleich.

Aus der Innentasche seines Jacketts zog er ein kleines, rotes Fläschchen und reichte es ihr.

„Trinken Sie! Das hilft Ihnen zu ertragen, was Sie sehen."

„Ich kam zu spät. Ich hätte ihn retten können!"

Sie strich sich eine feuchte Haarsträhne aus der Stirn. Sie fühlte, dass sie Fieber hatte.

„Nehmen Sie einen Schluck, bitte!"

Sie nahm einen großen Schluck und gab die Flasche zurück.

„Ich war zu spät."

„Es ist nicht Ihre Schuld. Ich begleite Sie nun zur nächsten Tür."

„Warum begleiten Sie mich?"

„Gleich werden Sie es wissen. Möchten Sie vielleicht Ihre Schuhe anziehen? Ich habe sie in meinen Taschen. Sie hatten sie unten liegen lassen."

Lina richtete sich auf, strich ihr Kleid glatt und sah ihn

fragend an.

„Was soll ich jetzt mit den Schuhen?"

„Falls Sie weglaufen möchten. Setzen Sie sich auf den Stuhl hier. Ich ziehe sie ihnen über."

Sie ließ ihn gewähren.

Schließlich gingen sie den Flur entlang bis zur letzten Tür. Lina wunderte sich über das plötzliche Deckenlicht. Eine Neonröhre flackerte.

Dann öffnete sie die Tür.

Auf der Fensterbank saß ein kleines Mädchen im Schlafanzug mit struppigem Haar und traurigem Blick. Das Oberteil war bedruckt mit Astronauten, die Helme mit Schläuchen trugen für die Sauerstoffflaschen. Das Mädchen hielt ein Fernglas in seinen Händen und schaute hindurch, offensichtlich, um irgendetwas Interessantes zu beobachten. Nach einer Weile stellte es das Fernglas auf die Fensterbank und schaute zu Lina, die still in der Tür stand. Ihr Begleiter schwieg.

Das Gesicht des Mädchens war entstellt, als sei es gehäutet worden. Es kletterte von der Fensterbank, ging auf Lina zu und streckte ihr die kleinen, wundroten Hände entgegen. Doch obwohl Lina zu fliehen versuchte, fühlte sie nur eine alles umfassende Lähmung. In ihrem Entsetzen, das keine Grenzen kannte, das jede Sekunde noch weiter anwuchs, wollte sie nichts anderes als flüchten. Doch ihre Beine bewegten sich nicht. Irgendwann begann sie zu schreien.

„Lina! Lina! Wach auf! Wach auf!"

Michael, der von dem Schreien aufgewacht war, versuchte, sie wachzurütteln.

Weinend schrak sie hoch und setzte sich.

„Was ist passiert? Wo bin ich?"

„Es war nur ein Traum. Alles ist gut.“
„Nur ein Traum. Just a dream.“
„Komm, leg dich wieder hin! Ich halte dich.“

Als sie später wieder aufwachte, war es taghell. Michael war bereits aufgestanden. Den Geräuschen nach zu urteilen, war er dabei, Frühstück zu bereiten. Lina sprang aus dem Bett und eilte in die Küche.
„Guten Morgen, Michael!“
„Guten Morgen! Frühstück ist gleich fertig.“
„Oh, je! Ich muss heute arbeiten.“
„Wie bitte?! Ich dachte, du hast heute auch frei.“
„Nein. Leider nicht. Ich muss mal schnell meinen Kollegen informieren. Wo ist eigentlich mein Handy?“
„Ich meine, ich habe es auf dem Wohnzimmertisch gesehen.“
Als Lina es zur Hand nahm, war es genau so, wie sie befürchtet hatte. Charlotte und auch Juna hatten bereits mehrere Nachrichten geschickt. Sie machten sich Sorgen, weil ihnen aufgefallen war, dass Linas Wagen am frühen Morgen nicht vor dem Haus stand. Und ihr Kollege Frank hatte bereits dreimal angerufen und mehrere Nachrichten über WhatsApp geschickt.
So ein Mist! Was sage ich ihm nur? Am besten nur schnell eine Nachricht schicken.

Lina:
Guten Morgen, Frank! Tut mir leid. Mir geht's heute nicht gut. Habe sehr schlecht geschlafen und bin eben erst wieder aufgewacht.
Ich muss mich für heute krank melden.

Kaum hatte sie das Handy auf den Tisch gelegt, kam bereits eine Antwort.

Frank:
Guten Morgen, Lina! Ich hoffe, nichts Schlimmes bei dir. Erstmal gute Besserung!

Lina:
Nein, nichts Schlimmes! Morgen bin ich wieder an Bord. Du kannst dich einen Tag von mir erholen. ;-)

Frank:
Ach, von dir muss man sich doch nicht erholen, höchstens von mir. ;-)
Melde dich mal zu Hause! Charlotte hat schon hier im Büro angerufen. Sie ist kurz davor, eine Vermisstenmeldung aufzugeben. ;-)
Ich schlussfolgere mal scharf, dass du nicht zu Hause bist. Hoffentlich hat sich deine Nacht gelohnt...

Lina:
Sei nicht so neugierig, du Lümmel! ;-)
Bis morgen!

„Michael, ich komme sofort zu dir. Ich muss nur schnell zu Hause Entwarnung geben."
In Windeseile tippte Lina ihre Nachrichten und setzte sich schließlich zu Michael, der bereits mit einer Tasse Kaffee am Tisch saß.
„Na, alles erledigt, Frau Kommissarin?"
„Ja. Ich musste noch schnell zu Hause Bescheid sagen, dass alles in Ordnung ist. Und meinem Kollegen habe ich

geschrieben, dass ich heute nicht komme."

"Und, war er verärgert?"

"Nein. Überhaupt nicht. Ich glaube, er hat eine Ahnung. Charlotte hatte bereits im Büro angerufen und gefragt, ob ich vielleicht schon im Dienst sei."

"Hauptsache, er ist nicht eifersüchtig."

"Eifersüchtig? Nein. Er freut sich für mich. Weißt du, was? Komm nachher mit zu mir! Wir könnten zusammen grillen."

"Wenn wir gemeinsam auftauchen, wissen Charlotte und Juna Bescheid."

"Das wissen sie jetzt schon."

Kapitel 34

Frühjahr 2020

Als Juna hörte, dass ihre Großmutter und Michael im Hausflur angekommen waren, eilte sie sofort nach unten und fiel ihr um den Hals.

„Wir haben uns Sorgen gemacht!"

Juna drückte ihre Großmutter so fest, dass diese nach Luft schnappte.

„Es wäre wohl besser gewesen, ich hätte mich bei euch abgemeldet, nicht wahr?", erwiderte Lina spitzbübisch.

Da ist man mal spontan, da kontrollieren einen plötzlich nicht nur die Kinder, sondern auch die Enkel. Nun ja, es ist nur Fürsorge, lieb gemeinte Fürsorge, überlegte Lina. Traurig wäre es doch eigentlich, wenn es sie nicht interessieren würde, wenn es ihnen gleichgültig wäre, wo man abgeblieben ist. Mit Kontrolle hat das nichts zu tun.

„Hey, mein Mädchen, du musst nicht weinen!"

„Ich kann aber nicht anders."

Lina strich ihrer Enkelin durchs Haar. Michael stand stumm daneben und fühlte sich irgendwie schuldig, obschon er nichts zu verantworten hatte. Schließlich löste Juna die Umarmung und wischte die Tränen aus ihren Augen. Lina küsste sie auf die Stirn.

Mittlerweile war auch Charlotte auf dem Treppenabsatz erschienen und machte sich bemerkbar.

„Hier ist 'was los! Jedenfalls sind wir jetzt beruhigt, dass du wieder heil zurück bist, Mama."

„Was hast du erwartet, Charlotte? Dass deine Mutter sich

ins wilde Nachtleben stürzt und darin umkommt?"
Jetzt schaltete sich auch Michael ein.
"Also, ich kann Ihnen versichern, dass Ihre Mutter die ganze Nacht bei mir war."
"Mein Gott, ist das absurd hier! Hört sich an wie ein Alibi. Kommt, wir gehen jetzt in den Garten und schmeißen den Grill an!"

Charlotte stand mit einer Hüftschürze am Grill und hatte die Aufsicht über Würstchen, Steaks und Gemüsespieße, während Juna für Getränke sorgte, stets darauf bedacht, dass genügend Flaschen im Kühlschrank lagen. Michael trank nur Radler und alkoholfreies Bier. Das gefiel ihr sehr, denn einen Mann, der viel Alkohol trank, hätte sie nicht gern an Linas Seite gesehen. Sie beobachtete ihn sehr genau, denn sie spürte, dass sich zwischen ihm und ihrer Großmutter etwas anbahnte, das mehr war als nur 'Freundschaft Plus'.
Als dann jeder etwas auf seinem Teller hatte, lenkte Juna das Gespräch auf Michael.
"Du kennst meine Oma schon sehr lange, nicht wahr?"
"Ja, seit der Gymnasialzeit. Aber das weißt du doch!"
"Und?"
Verwundert schaute Charlotte von ihrem Teller auf und versetzte Juna unter dem Tisch einen sanften Tritt.
"Aua!"
Michael wusste nicht so recht, was er antworten sollte.
"Und? Und was?"
"Ach, nichts!", sagte Juna kleinlaut und warf ihrer Mutter einen bösen Blick zu.
"Willst du wissen, ob wir damals ein Paar waren?"
Juna nickte lebhaft und schaute ihn erwartungsvoll an.

„Sei nicht so indiskret, Töchterlein!"

„Ist schon okay. Sie kann ruhig fragen. Nein, wir waren kein Paar."

Auch wenn ich es gerne gewollt hätte, vollendete Michael den Satz nur in seinen Gedanken.

„Siehst du, Mama, Michael hat gar nichts dagegen einzuwenden, wenn ich frage!"

„Warum denn auch? Ich habe schon gehört, dass du Linas Biographin bist und ihr ganz viele Fragen zu ihrer Lebensgeschichte stellst."

Charlotte stellte sich wieder an den Grill und hantierte mit der Zange. Eine Zwiebel fiel in die Glut und zischte.

„Möchte noch jemand Würstchen?"

Alle bejahten.

Nacheinander verteilte sie die Würstchen.

„Sie sind diesmal ein bisschen dunkler geworden."

„Kein Problem, Mama! Wir haben ja Ketchup."

„Sei nicht so frech, Kleine!"

„Ich bin nicht klein!"

Charlotte wedelte mit dem Würstchen vor Junas Gesicht herum und grinste, platzierte es dann auf ihrem Teller.

Michael beobachtete sie dabei. Auch sie ist groß und schlank, fiel ihm auf. Alle drei haben dieselbe Silhouette, dieselbe Anmutung. Nur Charlotte hatte blondes Haar. Vielleicht gefärbt. Wer weiß?

Ein zweites Mal versuchte Michael, von Juna etwas über ihre Gespräche mit Lina zu erfahren. Das Interesse der Enkelin rührte ihn. Und so erzählte Juna ihm ein bisschen, wirklich nur wenig, gerade so viel, dass er wusste, dass Lina als Kind im Krankenhaus war mit einer unerklärlichen, unbekannten Hauterkrankung. Den Rest müsste sie ihm schon selbst berichten.

Schließlich seien die Gespräche vertraulich.

„Lina, weißt du noch, dass wir einmal zusammen zum Krankenhaus gefahren sind? Wir waren siebzehn Jahre, glaube ich. Erinnerst du dich?"
„Wie könnte ich das vergessen?"
„Oma, erzähl! Wie war das?"
„Mensch, Juna, lass doch Oma heute Abend damit in Ruhe!", rief Charlotte vom Grill aus.
„Wieso? Michael hat doch damit angefangen, nicht ich!"
„Ist schon okay! Kein Problem! Ich war siebzehn, als ich noch einmal auf die Station wollte, auf der ich so lange gelegen hatte. Und ich hatte Michael gebeten, mich zu begleiten. Er ist auch sofort mitgekommen. Wir sind mit den Rädern hin. Es war ein ziemlich kalter Tag, kurz vor Einsetzen der Dämmerung. Wir hatten verabredet, dass Michael in der Kantine auf mich wartet. Ich wollte ja nur kurz nach oben und über die Station laufen. Wusste nicht, warum ich das wollte. Es war einfach ein drängendes Bedürfnis. Und dann geschah etwas wirklich Verrücktes. Auf dem Krankenhausgelände befanden sich mehrere Menschen: Besucher, Ärzte, Pflegepersonal. Ich blieb einen Moment stehen und beobachtete die Situation. Und dann ging ich auf einen Mann im weißen Kittel zu, von dem ich mich magnetisch angezogen fühlte. Ein Arzt, dachte ich. Sofort beschleunigte ich meinen Schritt, um ihn zu erreichen, bevor er vielleicht in einem Gebäude verschwinden würde. Dann sprach ich ihn an und sagte, dass ich als Kind auf der Kinderstation gelegen hätte und dass ich unbedingt noch einmal dorthin müsste. Ich fragte ihn, ob er wüsste, wo der Eingang sei. In meiner Erinnerung befand er sich hinten rechts auf dem Gelände, aber ich war mir nicht sicher.

Und dann zeigte er genau in diese Richtung und sagte, dass er Doktor Greifer sei, der Leiter der Kinderstation und dass ich den Krankenschwestern sagen solle, dass ich von ihm persönlich die Erlaubnis habe, über die Station zu gehen.

Ich war sprachlos. Da waren so viele Menschen in dem Gelände. Und ich steuerte unbeirrt auf Doktor Greifer zu, den ich so viele Jahre nicht gesehen hatte. Es war, als hätte ich ihn erspürt. Was für ein Zufall aber auch, dass er anwesend war! Ich bedankte mich und lief los, drehte mich jedoch kurz darauf noch einmal um. Ich war überrascht zu sehen, dass er noch immer dort stand und mir nachsah. Ob er mich erkannt hat, habe ich mich gefragt. Das frage ich mich immer noch. Doch, er hat mich erkannt!

Bestimmt!

Wahrscheinlich.

Vielleicht?"

Charlotte und Michael warfen sich Blicke zu. Sie hörten das leichte, unmerkliche Vibrieren in Linas Stimme, den Ausdruck von Traurigkeit.

"Oma, das ist ja unglaublich!"

"Deine Oma hat nun mal besondere Fähigkeiten. So, jetzt aber genug Biographie-Arbeit für heute!"

"Ach, Mama!"

"Ein anderes Mal machen wir weiter, in Ordnung?", sagte Lina sanft und zwinkerte ihrer Enkelin zu.

Eine Zeitlang saßen sie noch beisammen. Die Dämmerung war vorangeschritten, das Essen verzehrt. Die Glut gab noch etwas Wärme ab, doch irgendwann wurde es kalt und sie gingen ins Haus. Juna und Charlotte nahmen die Wendeltreppe vom Garten nach oben. Lina trug das

Geschirr in die Küche, während Michael bereits die Spülmaschine bestückte.

Dann schloss sie die Terrassentür und schaute in den Garten, beide Hände, links und rechts neben ihrem Kopf, drückten gegen die Scheibe. Ihr Atem schlug sich auf dem Türglas nieder. Michael näherte sich ihr von hinten und legte seine Arme um sie. Er schwieg und wartete, bis sie endlich sagte:

„Bitte, bleib bei mir heute Nacht! Lass mich Gegenwart spüren!"

Michaela Pavelka

Das Land hinter dem Horizont

ISBN 978-3-743-14330-2
Taschenbuch, 2016
357 Seiten
Roman
11,99 Euro (D)
BoD – Books on Demand, Norderstedt

Marita, Gymnasiallehrerin und alleinerziehende Mutter, spürt ebenso wie der Schuldirektor Gregor, dass das Leben ohne sie stattfindet.

Maritas Freundin Lena, die ihren Lebensdurst und die innere Stille mit Affären ertränkt, sehnt sich danach, alte Ketten zu durchtrennen und eine glückliche Partnerschaft zu finden.

Maritas Vater Günther, der nach dem Tod seiner Frau in eine tiefe Depression gefallen ist, findet durch die Hilfe seines Nachbarn Erich ins Leben zurück.

Und der Psychotherapeut Paul, der durch einen Unfall seine Frau und seine kleine Tochter verloren hat, lebt zurückgezogen mit seinem jugendlichen Sohn Patrick am Rande der Stadt.

Es sind bunte Vögel, schillernde Persönlichkeiten mit ihren Zweifeln und Ängsten, mit verborgenen Wünschen und heimlichen Sehnsüchten, die trotz erlittener Schicksalsschläge vom Land hinter dem Horizont träumen.

Allen gemeinsam ist der Mut, etwas Neues zu wagen und Hoffnung in Handlung umzusetzen.

Michaela Pavelka

Im Schatten der Stille

ISBN 978-3-752-83376-8

Taschenbuch, 2018

300 Seiten

Roman

9,99 Euro (D)

BoD – Books on Demand, Norderstedt

„Wenn Du mich lässt, zeige ich dir die Welt", flüstert Alexander Belt im Unterricht seiner noch 13-jährigen Schülerin Claudia zu und ebnet den Weg zu einer intensiven, heimlichen Beziehung.

Als ihr Bruder Tim Claudias Tagebuch liest, beschließt er zu schweigen. Im Schatten der Stille waren sie unsichtbar, hatten sie die Freiheit zu tun, was sie wollten. Und sie taten es.

Gemeinsam mit anderen Jugendlichen verleben die Geschwister eine abenteuerliche Jugend, die den Blicken der Eltern verborgen bleibt. Die Erwachsenen sind so sehr mit sich selbst beschäftigt, dass sie nicht einmal die Veränderung im Wesen ihrer Kinder bemerken.

Viele Jahre später, als sie längst selbst Mutter ist, schaut Claudia auf die vergangenen Erlebnisse zurück. Angeregt durch die Gespräche mit einem alten Patienten, dessen Erinnerungen in der Einsamkeit des Krankenzimmers zum Leben erwachen, erkennt Claudia hinter ihrer Familiengeschichte eine zweite Wirklichkeit. Während der alte Mann mit seinen Ängsten kämpft, geschehen merkwürdige Dinge auf der Station.

Michaela Pavelka

Ausgesprochen unerhört

ISBN 978-3-752-83382-9
Taschenbuch 2018
170 Seiten
Roman
7,99 Euro (D)
BoD – Books on Demand, Norderstedt

Robert, der unter seinem zynischen Vorgesetzten leidet und zunehmend depressiv wird, plagen lebhafte Mordphantasien. Er wünscht seinem Chef den Tod.

Vera, die einen ausgeprägten Widerwillen gegen die Welt entwickelt hat und die Horrornachrichten im Radio nicht mehr ertragen kann, gerät sporadisch in den Sog ihrer suizidalen Phantasien.

Und der junge Amadeus hat aufgrund einer tiefen seelischen Verwundung seinem musikalischen Talent den Rücken gekehrt.

Als sie nach längerem Leidensweg endlich Unterstützung durch erfahrene Psychotherapeuten erhalten, findet das bis dahin Unausgesprochene Ausdruck und ermöglicht Entwicklungen.
Ausgesprochen Unerhörtes nimmt seinen Lauf.